Deux hussards

Léon Tolstoï

« … *Jomini et Jomini.*

Et pas un mot sur l'eau-de-vie. »

D. DAVIDOV.

Dans les années 1800, au temps où il n'y avait encore ni chemins de fer, ni chaussées, ni éclairage au gaz, ni bougies stéariques, ni divans bas à ressorts, ni meubles sans vernis, ni jeunes gens désillusionnés, porteurs de monocles, ni femmes libérales, philosophes, ni charmantes Dames aux Camélias comme il s'en trouve tant de nos jours – dans ce temps naïf, où l'on allait de Moscou à Pétersbourg, en chariot ou en voiture, emportant avec soi une cuisine entière de provisions, où l'on roulait pendant huit jours sur des chemins défoncés, poussiéreux ou boueux, où l'on faisait confiance aux côtelettes *Pojarski,* aux sonnettes de *Valdaï* et aux *boulblikï* – où, durant les longues soirées d'automne brûlaient des chandelles de suif éclairant le cercle familial de vingt ou trente personnes ; où, au bal, on mettait dans les candélabres des bougies de cire ou de spermaceti, où l'on disposait les meubles symétriquement, où nos pères étaient encore jeunes non seulement parce qu'ils n'avaient ni rides ni cheveux blancs, mais parce qu'ils se battaient au pistolet pour une femme et se précipitaient d'un bout à l'autre d'un salon pour ramasser un mouchoir tombé à terre par hasard ou non ; où nos mères portaient des tailles courtes et d'énormes manches et décidaient les affaires de famille à la courte paille, où les charmantes Dames aux Camélias se cachaient de la lumière du jour – au temps naïf des loges maçonniques, des martinistes, des *tougenbund,* au temps des Miloradovitch, des Davidov, des Pouchkine, dans le chef-lieu K***, se tenait l'assemblée des seigneurs ruraux et les élections des représentants de la noblesse touchaient à leur fin.

I

« Eh bien ! Qu'importe, même à la salle commune si vous voulez, dit un jeune officier enveloppé d'une pelisse, coiffé du casque de hussard, et qui arrivait directement en traîneau de voyage dans le meilleur hôtel de la ville de K***.

– Ah, mais il y a tellement de monde, mon petit père Votre Excellence », déclarait le portier qui avait déjà réussi à savoir, par le brosseur, que le hussard s'appelait comte Tourbine, et pour cela lui donnait du « Votre Excellence ». « La dame d'Afremov, avec ses filles, a promis de partir ce soir, alors quand la chambre n° 11 sera libre, vous pourrez l'occuper », ajouta-t-il en précédant le comte dans le couloir tout en se tournant vers lui sans cesse.

Dans la salle commune, devant la petite table, près du portrait en pied, très enfumé, de l'empereur Alexandre Ier, quelques messieurs, probablement des nobles du pays, étaient assis devant du champagne, avec, à côté d'eux, des marchands ou des voyageurs en pelisses bleues.

Le comte, en entrant dans la pièce, appela Blücher, un énorme chien mâtin gris qu'il avait avec lui, ôta son manteau dont le collet était couvert de givre, et commanda de l'eau-de-vie. Resté dans son *arkhalouk* de soie bleue, il prit place à table et entama la conversation avec les messieurs présents qui, gagnés tout de suite par la physionomie belle et ouverte du voyageur, lui proposèrent une coupe de champagne. Le comte but d'abord un petit verre d'eau-de-vie, puis commanda aussi une bouteille pour régaler ses nouvelles connaissances. Le postillon se présenta pour réclamer un pourboire.

« Sachka ! cria le comte, donne-le-lui ! »

Le postillon sortit en compagnie de Sachka, et revint bientôt avec l'argent dans la main.

« Eh quoi ! mon petit père, Votre Excellence ! Il me semble pourtant avoir peiné pour Ta Grâce ! Tu m'as promis cinquante kopecks et il ne m'en donne que vingt-cinq.

– Sachka ! Donne-lui un rouble. »

Sachka, les yeux baissés, fixait les pieds du postillon.

« C'est assez pour lui, dit-il à voix basse, et du reste je n'ai plus d'argent. »

Le comte tira de son portefeuille les deux seuls billets bleus qui s'y trouvaient, et en remit un au postillon qui lui baisa la main et sortit.

« Ça y est ! Je suis fini, dit le comte, ce sont mes derniers cinq roubles.

– C'est à la hussarde, comte ! fit en souriant un des gentilshommes, évidemment un cavalier en retraite, à en juger par la moustache, la voix et l'allure énergique des jambes. Vous avez l'intention de rester longtemps ici, comte ?

– Il me faut trouver de l'argent, autrement je ne resterai pas. D'ailleurs, il n'y a pas de chambre, que le diable les emporte dans cette maudite auberge…

– Permettez, comte, s'écria le cavalier, pourquoi ne pas vous installer ici ? J'occupe le n° 7. Si vous voulez me faire l'honneur de passer la nuit chez moi, en attendant. Restez chez nous trois jours. Aujourd'hui il y a bal chez le chef de la noblesse. Comme il serait heureux !

– Oui, oui, comte, restez donc, ajouta un autre des interlocuteurs, un joli jeune homme, pourquoi partir si vite ? Les élections n'ont lieu qu'une fois en trois ans. Vous verrez au moins nos belles demoiselles.

– Sachka ! Ramène du linge, je vais aller au bain, dit le comte en se levant. Après nous verrons, peut-être en effet irai-je chez le chef de la noblesse. »

Il appela ensuite le garçon pour lui dire deux mots, auxquels le garçon répondit en souriant : « Que tout se fait par les mains de l'homme », et sortit.

« Alors, mon cher, je fais transporter ma valise dans votre chambre,
cria le comte sur le pas de la porte.

– S'il vous plaît, j'en serai heureux, répondit le cavalier en accourant
vers lui. N'oubliez pas, n° 7. »

Le comte s'éloigna et le cavalier retourna à sa place. Il s'assit très
près d'un fonctionnaire et, le regardant en face, l'œil souriant, il dit :

« Mais c'est lui en personne !

– Hein ?

– Je te dis que c'est ce même hussard, ce bretteur, en un mot
Tourbine : il est très célèbre. Je te parie qu'il m'a reconnu. Et
comment donc ! À Lébédiane, quand j'étais dans la remonte, nous
avons fait la noce ensemble trois semaines sans interruption. Là-bas,
nous en avons fait tous les deux, ah ! ah ! Un sacré gaillard, hein ?

– Un vrai ! Et comme il est d'abord agréable ! On n'a jamais rien vu
de pareil, répondit le joli jeune homme. Comme on a eu vite fait de
lier connaissance… Quoi ! il a vingt-cinq ans, pas davantage ?

– Non, il paraît cet âge, mais il a plus. Ah ! il faut savoir qui c'est !
Qui a enlevé Mme Migounova ? Lui. C'est lui qui a tué Sabline. C'est
lui qui, prenant Matnev par les jambes, l'a lancé par une fenêtre.
C'est lui qui a gagné trois cent mille roubles au prince Nestérov. Il
faut connaître cette tête brûlée : joueur, bretteur, séducteur, mais
hussard dans l'âme ; un vrai hussard. Il n'y a que des racontars sur
nous, ah, si l'on comprenait vraiment ce qu'est un vrai hussard !
Ah ! c'était le bon temps ! »

Et le cavalier se mit à narrer à son interlocuteur une fabuleuse orgie
à Lébédiane avec le comte, qui non seulement n'avait jamais eu lieu,
mais qui ne pouvait avoir eu lieu. Premièrement, parce qu'il n'avait
jamais encore vu Tourbine, ayant pris sa retraite deux ans avant que
le comte n'entrât au service, et deuxièmement, parce qu'il n'avait
pas servi dans la cavalerie, mais avait été, pendant quatre ans, un
modeste junker du régiment de Bielevsk et avait pris sa retraite
aussitôt que promu lieutenant. Mais, dix années auparavant, ayant
reçu un héritage, il était allé effectivement à Lébédiane, avait

dépensé là, avec les remonteurs, sept cents roubles et s'était fait faire un uniforme à parements orange, afin d'entrer aux uhlans. Le désir d'entrer dans la cavalerie, et les trois semaines passées avec les remonteurs à Lébédiane, restaient la période la plus brillante et la plus heureuse de sa vie, si bien que ce désir, pris d'abord pour la réalité, était devenu ensuite très vite un souvenir véritable. Il commençait lui-même déjà à croire fermement en son passé de cavalier, ce qui du reste ne l'empêchait pas d'être, par sa douceur et son honnêteté, l'homme le plus estimable.

« Oui, qui n'a pas servi dans la cavalerie ne comprendra jamais notre camarade ! » Il s'assit à califourchon sur la chaise et avançant la mâchoire inférieure, reprit à voix basse : « Il lui arrivait de se promener en tête de l'escadron, et non sur un cheval, mais sur un diable, tout en ruades ; et chevauchant ainsi comme un diable, lui aussi. Le commandant d'escadron s'avançait pour la revue.

« Lieutenant ! disait-il, s'il vous plaît, sans vous ça n'ira pas, faites donc défiler l'escadron au pas de parade. C'est bon », répliquait l'autre, et en se retournant, il criait à ses vieux moustachus…

« Ah ! que le diable m'emporte, ça, c'était le bon temps ! »

Le comte revenant du bain, tout rouge, les cheveux mouillés, entra tout droit au n° 7 où se trouvait déjà le cavalier en robe de chambre qui fumait sa pipe en songeant, avec un plaisir mêlé d'une certaine crainte, à ce bonheur qui lui arrivait de loger dans la même chambre que le célèbre Tourbine. « Eh bien ! se dit-il soudain, et si tout à coup il lui prenait fantaisie de me mettre tout nu, de m'emmener hors de la ville et de me fourrer dans la neige, ou… de m'enduire de goudron, ou tout simplement… non, il ne fera pas cela à un camarade », se rassurait-il.

« Sachka ! donne à manger à Blücher », cria le comte.

Apparut Sachka qui pour se remettre du voyage avait bu un verre d'eau-de-vie et était déjà un peu gris.

« Tu n'as pas pu te retenir. Tu es déjà ivre, canaille ! Donne à manger à Blücher.

– Il ne crèvera pas pour cela. Voyez comme il est gras, rétorqua Sachka en caressant le chien.

– Eh bien, pas de réplique ! Va-t'en lui donner à manger.

– Pour vous, il suffit que le chien soit nourri, mais l'homme, s'il boit un petit verre, alors, vous lui faites des reproches.

– Prends garde ! je vais te flanquer une raclée, cria le comte d'une telle voix que les vitres tremblèrent et que le cavalier éprouva même quelque frayeur.

– Pensez-vous à demander si Sachka a mangé quelque chose aujourd'hui ? Quoi, battez-moi, si un chien vous est plus cher qu'un homme ! » répondit Sachka. Mais aussitôt il reçut un tel coup de poing dans la figure, qu'il tomba, se cogna la tête contre la cloison et, protégeant son nez de la main, fonça dans la porte et tomba sur la banquette du corridor.

« Il m'a cassé les dents, gémissait Sachka en essuyant d'une main son nez ensanglanté, et de l'autre grattant le dos de Blücher qui la léchait. Il m'a cassé les dents, Blüchka, mais quand même il est mon comte et je suis prêt à me jeter au feu pour lui. Voilà, puisqu'il est mon comte, tu comprends, Blüchka ? Tu veux manger, hein ? »

Après être resté allongé un instant, il se leva, donna à manger au chien et, presque dégrisé, alla proposer de manger à son maître.

« Vous m'offenseriez tout simplement, disait timidement le cavalier debout devant le comte, qui, les jambes sur le rebord du paravent, était couché sur son lit. Je suis aussi un vieux militaire, un camarade, puis-je dire. Au lieu d'emprunter à quelqu'autre, je suis prêt avec joie à vous donner deux cents roubles. Je ne les ai pas maintenant, je n'en ai que cent, mais aujourd'hui même je trouverai le reste. Vous m'offenseriez tout simplement, comte.

– Merci, mon vieux, fit le comte, devinant d'un coup quelle sorte de relations devaient s'établir entre eux, et frappant le cavalier sur l'épaule. Merci. Eh bien ! Si c'est ainsi, nous irons aussi au bal. Et pour l'heure, qu'allons-nous faire ? Raconte ce qu'il y a chez vous, dans la ville. Quelles sont les belles ? Qui fait la noce ? Qui joue aux cartes ? »

Le cavalier expliqua qu'une foule de jolies femmes seraient au bal, que l'*ispravnik* Kolkov, élu récemment, était le plus fieffé des noceurs, mais sans la vraie audace des hussards, qu'il était seulement comme ça, un bon garçon ; que le chœur des tziganes d'Iluchka chantait ici depuis le commencement des élections, que Stiochka y était leur soliste, et qu'aujourd'hui *tous* iraient chez les tziganes après le bal chez le chef de la noblesse.

« Et on joue beaucoup, ajouta-t-il. Il y a un voyageur, Loukhnov, qui joue argent comptant et Iline qui occupe le n° 8, un cornette des uhlans, qui perd aussi beaucoup. La partie est déjà commencée chez lui ; chaque soir ils jouent. Et quel admirable garçon, comte, que cet Iline. Ah ! il n'est pas avare, il donnerait sa dernière chemise.

– Eh bien, alors, allons chez lui, nous verrons quels sont ces gens-là, dit le comte.

– Allons, allons ! Ils seront très contents. »

II

Le cornette des uhlans, Iline, venait de s'éveiller. La veille il s'était assis à la table de jeu à huit heures du soir et y était resté quinze heures de suite, jusqu'à onze heures du matin. Il avait perdu beaucoup, mais combien au juste, il ne le savait pas puisqu'il avait entre les mains trois mille roubles à lui et quinze mille de l'État que depuis longtemps il mêlait avec les siens. Et il avait peur de compter, craignant de se convaincre de ce qu'il pressentait, à savoir qu'il manquait déjà beaucoup de l'argent du gouvernement. Il s'endormit jusqu'à midi d'un sommeil lourd, sans rêves, comme en ont seuls les très jeunes gens après de très grosses pertes. Il s'éveilla à six heures du soir, précisément au moment de l'arrivée du comte Tourbine à l'hôtel, et, en apercevant autour de lui sur le parquet les cartes, la craie et les tables maculées au milieu de la chambre, il se rappela avec horreur le jeu de la veille et la dernière carte, le valet, qui lui avait coûté cinq cents roubles. Mais, ne croyant pas encore bien à la réalité, il prit l'argent sous son oreiller et se mit à le compter. Il reconnut quelques billets de banque qui, pendant la partie, avaient passé maintes fois d'une main à l'autre, et se rappela toutes les péripéties du jeu. Des trois mille, il ne restait déjà rien, et deux mille cinq cents de l'argent du Trésor manquaient aussi.

Le uhlan avait joué durant quatre nuits consécutives.

Il arrivait de Moscou où on lui avait confié les fonds de la trésorerie. À K*** le maître de poste l'avait retenu sous prétexte de manque de chevaux, mais en réalité parce qu'il était de connivence avec l'hôtelier pour retenir un jour au moins chaque voyageur. Le uhlan, un garçon très jeune et très gai qui, à Moscou, avait reçu de ses parents trois mille roubles pour son équipement, était heureux de passer quelques jours dans la ville de K*** pendant les élections, espérant s'y bien amuser. Il connaissait un propriétaire rural qui avait de la famille, et se promettait d'aller le voir et de faire la cour à ses filles, quand le cavalier se présenta chez lui pour faire sa connaissance ; et le soir même, sans aucune mauvaise intention, l'entraînait chez ses amis, Loukhnov et d'autres joueurs installés dans la salle commune. Dès lors, le uhlan s'était attelé au jeu et non seulement n'avait pas rendu visite à sa connaissance, le propriétaire, mais cessant de réclamer des chevaux n'était pas sorti de la pièce depuis quatre jours.

Après avoir fait sa toilette et bu du thé, il s'approcha de la fenêtre. Il voulait se promener pour chasser le souvenir obstiné de la partie de cartes. Il mit son manteau et descendit dans la rue. Le soleil était déjà caché derrière les maisons blanches aux toits rouges. Le crépuscule commençait à s'étendre. Il faisait chaud. Dans les rues sales, des flocons de neige fondante tombaient doucement. À l'idée qu'il avait dormi toute cette journée, bientôt achevée, Iline devint tout à coup fort triste.

« Le jour passé ne se retrouve jamais. J'ai perdu ma jeunesse ! » se dit-il spontanément, non parce qu'il pensait avoir le moins du monde perdu sa jeunesse, mais parce que cette phrase lui était venue à l'esprit.

« Que vais-je faire maintenant ? se demanda-t-il. Emprunter à quelqu'un et partir. » Une dame se hâtait sur le trottoir. « En voilà une sotte ! » pensa-t-il sans savoir pourquoi. « Personne à qui emprunter. J'ai perdu ma jeunesse. » Il s'approcha des galeries commerciales. Un marchand en pelisse de renard était debout sur le seuil de sa boutique et appelait les clients. « Si j'avais écarté le huit, j'aurais tout regagné. » Une vieille mendiante geignait en le suivant : « Personne à qui emprunter ! » Un monsieur en pelisse d'ours passa dans une voiture, un sergent de police était là debout : « Que faire d'extraordinaire ? Tirer sur eux ? Non, c'est ennuyeux ! J'ai perdu ma jeunesse. Ah ! que voici de beaux harnais ! Ah, s'asseoir en troïka ! Eh, vous, mes chéris ! Je vais rentrer à l'hôtel. Loukhnov viendra bientôt, nous nous mettrons à jouer. » Il rentra à l'hôtel, compta encore une fois l'argent. Non, la première fois, il ne s'était pas trompé : il manquait toujours deux mille cinq cents roubles de l'argent du Trésor. « Je mettrai vingt-cinq roubles au premier jeu ; au second le double sur sept mises, ensuite sur quinze, sur trente, sur soixante… trois mille. J'achèterai de beaux harnais et je m'en irai. Mais non, le brigand ne me laissera pas ! J'ai perdu ma jeunesse ! » Voilà ce qui se passait dans la tête du uhlan tandis que Loukhnov en personne entrait chez lui.

« Quoi ! Êtes-vous levé depuis longtemps, Mikhaïl Vassiliévitch ? s'enquit Loukhnov en ôtant lentement de son nez sec les lunettes d'or et les essuyant soigneusement avec un mouchoir de soie rouge.

– Non, je viens de me lever. J'ai dormi admirablement.

– Un hussard vient d'arriver. Il s'est arrêté chez Zavalchevski… Vous n'avez pas entendu ?

– Non. Eh bien ! Il n'y a encore personne ?

– Il me semble qu'ils sont chez Priakhine. Ils ne vont pas tarder. »

En effet, bientôt entraient dans la chambre : un officier de la garnison qui accompagnait toujours Loukhnov, un marchand, d'origine grecque, brun, avec un énorme nez aquilin et des yeux noirs, enfoncés, un gros et gras propriétaire rural, un distillateur qui jouait des nuits entières, toujours par cinquante kopecks. Tous avaient hâte de commencer la partie, mais les principaux joueurs n'exprimaient pas ce désir, et Loukhnov surtout parlait très tranquillement des escrocs de Moscou.

« Peut-on s'imaginer, disait-il… Moscou, la principale ville, la capitale ! Et ils se promènent la nuit avec des bâtons à crochets, déguisés en diables, et effrayent la population stupide, et dévalisent les passants. Et que fait la police ? Voilà bien l'étonnant ! »

Le uhlan écouta attentivement cette histoire de brigands, mais à la fin il se leva et ordonna à voix basse d'apporter les cartes.

Le gros propriétaire parla le premier.

« Eh bien ! messieurs, pourquoi perdre un temps précieux ! Les affaires sont les affaires.

– Oui, hier vous en avez gagné assez par cinquante kopecks, alors ça vous plaît, dit le Grec.

– Oui, c'est vrai, il est temps », renchérit l'officier de la garnison.

Iline regarda Loukhnov. Celui-ci, tout en le fixant, continuait tranquillement son histoire de voleurs déguisés en diables armés de griffes.

« Vous tiendrez la banque ? demanda le uhlan.

– N'est-il pas trop tôt ?

– Bielov ! cria le uhlan, rougissant on ne sait pourquoi, apporte-moi à dîner… Je n'ai encore rien pris, messieurs… Apporte du champagne et donne des cartes. »

À ce moment, le comte et Zavalchevski entrèrent dans la chambre. Il se trouvait que Tourbine et Iline étaient dans la même division. Ils célébrèrent aussitôt en trinquant au champagne, et cinq minutes après ils se tutoyaient. Iline semblait plaire beaucoup au comte. Celui-ci ne faisait que lui sourire et raillait sa jeunesse.

« Quel brave uhlan ! s'écria-t-il. Quelle moustache ! Quelle moustache ! »

Chez Iline le duvet de la lèvre était d'un blond presque blanc.

« Quoi ! On dirait que vous vous disposez à jouer, dit le comte. Eh bien ! Je te souhaite de gagner, Iline ! Je pense que tu es un artiste, ajouta-t-il en souriant.

– Oui, voilà, on se prépare, répondit Loukhnov en ouvrant le paquet de cartes. Et vous, comte, ne daignerez-vous pas ?

– Non, aujourd'hui je ne jouerai pas, autrement je vous battrais tous. Moi, quand je m'y mets, toutes les banques sautent ! Je n'ai pas d'argent pour jouer. J'ai perdu tout à un relais près de Volotchok. Là-bas, il y avait une espèce de fantassin, chargé de bagues, un Grec probablement, il m'a mis à sec.

– Es-tu resté longtemps à ce relais ? demanda Iline.

– Vingt-deux heures. Ce relais sera mémorable pour moi, le maudit ! Et le maître de poste ne m'oubliera pas non plus.

– Et pourquoi donc ?

– J'arrive…, le maître bondit, une physionomie de coquin, un roublard. « Il n'y a pas de chevaux », dit-il. Et pour moi, vois-tu, j'ai une habitude : aussitôt qu'on me dit qu'il n'y a pas de chevaux, sans ôter ma pelisse je vais dans la chambre du maître de poste, pas dans la chambre officielle, tu sais, mais dans son appartement particulier, et j'ordonne d'ouvrir largement toutes les fenêtres et les portes, comme s'il y avait de la fumée. Eh bien ! là-bas je fis la même chose, et tu te rappelles quel froid il a fait le mois dernier, jusqu'à moins vingt degrés. Le maître voulait discuter, je lui donne un coup sur la mâchoire. Alors, une vieille quelconque, la petite fille, des femmes commencent à pousser des cris, empoignent les pots et les marmites et veulent s'enfuir au village. Je me mets devant la porte. « Donne des chevaux, dis-je, alors je m'en irai, autrement, je ne laisserai partir personne. Je vous ferai tous geler ! »

– C'est une excellente méthode ! fit le gros propriétaire en éclatant de rire. On procède ainsi pour faire geler les cafards.

– Seulement voilà, je n'ai pas bien monté la garde. Je suis sorti, et le maître et toutes les femmes se sont enfuis. Seule la vieille m'est restée en gage sur le poêle. Elle éternuait sans cesse et priait Dieu. Après quoi nous avons engagé les pourparlers : le maître de poste vint et de loin me pria de délivrer la vieille ; je lâchai sur lui Blücher. Il prend à merveille les maîtres de poste, Blücher. Et ainsi, la canaille ne me donna pas de chevaux jusqu'au matin suivant. Mais alors arriva cette espèce de fantassin. Je passai dans l'autre chambre et nous nous mîmes à jouer. Vous avez vu Blücher ?… Blücher ?… Psst ! »

Blücher accourut. Les joueurs s'occupèrent de lui avec indulgence, bien qu'évidemment ils désirassent s'occuper d'une tout autre affaire.

« Mais, pourquoi ne jouez-vous pas, messieurs ? Je vous en prie, je ne veux pas vous déranger. Je suis un bavard », dit Tourbine.

III

Loukhnov approcha deux chandelles, sortit un énorme portefeuille brun bien garni et, lentement, comme s'il accomplissait un rite, l'ouvrit sur la table, en tira deux billets de cent roubles et les mit sous les cartes.

« Comme hier, il y a deux cents à la banque, annonça-t-il en rajustant ses lunettes et en ouvrant un paquet de cartes.

– Bon », fit Iline sans le regarder, tout en continuant à causer avec Tourbine.

La partie commença. Loukhnov distribuait les cartes régulièrement, comme une machine, s'arrêtait de temps en temps, inscrivait les chiffres sans se presser, en regardant par-dessus ses lunettes, et disant à voix basse : « Envoyez ! » Le gros propriétaire parlait le plus fort de tous, se faisant à haute voix diverses réflexions, et mouillait ses gros doigts épais pour corner ses cartes. L'officier de la garnison, en silence, inscrivait de sa belle écriture ses mises sous la carte jouée et, sous la table, écornait les autres. Le Grec était assis à côté du banquier et, comme s'il attendait quelque chose, suivait attentivement, de ses yeux noirs enfoncés, la partie. Zavalchevski, debout près de la table, se mettait tout à coup en mouvement, tirait de la poche de son pantalon un billet rouge ou bleu, plaçait au-dessus une carte, et la tapotait de la paume de la main en disant : « Sept, sauve-moi ! » Il mordillait ses moustaches, se balançait d'une jambe sur l'autre, rougissait et s'agitait jusqu'à ce que la carte gagnante fût sortie. Iline mangeait du veau et du concombre, placés près de lui sur le divan de crin, et, essuyant rapidement ses mains à son veston, lançait une carte après l'autre. Tourbine, qui s'était tout d'abord installé sur le divan, comprit tout de suite de quoi il s'agissait. Loukhnov ne regardait pas le uhlan et ne lui adressait pas la parole, mais de temps en temps ses lunettes se fixaient un instant sur les mains du uhlan : la plupart des cartes de ce dernier perdaient.

« Ah ! ce serait bien si je battais celle-ci, disait Loukhnov en parlant de la carte du gros propriétaire qui jouait à cinquante kopecks la mise.

– Battez plutôt celle d'Iline, la mienne, la belle affaire ! » remarquait le propriétaire.

En effet, les cartes d'Iline étaient battues plus souvent que les autres. Il déchirait nerveusement sous la table la carte qui perdait et, de ses mains tremblantes, en choisissait une autre. Tourbine se leva du divan et demanda au Grec de le laisser s'asseoir près du banquier. Le Grec changea de place, le comte prit sa chaise et ne quitta pas des yeux les mains de Loukhnov.

« Iline ! dit-il tout à coup de sa voix ordinaire, qui, malgré lui, dominait toutes les autres. Pourquoi tiens-tu à ces cartes ? Tu ne sais pas jouer.

– Qu'on joue d'une façon ou de l'autre, c'est la même chose.

– Comme ça, tu perdras certainement. Donne, je jouerai pour toi.

– Non, excuse-moi, mais je joue toujours moi-même. Joue pour ton compte si tu veux.

– Non, je ne jouerai pas pour moi, mais je jouerai pour toi. J'enrage de te voir perdre.

– C'est évidemment mon sort ! »

Le comte n'insista pas. Appuyé sur le coude, il se mit de nouveau à fixer les mains du banquier.

« Mal ! » lança-t-il tout à coup très haut.

Loukhnov se tourna vers lui.

« Très mal ! Mal ! » répéta-t-il encore plus haut en regardant Loukhnov droit dans les yeux.

La partie se poursuivit.

« Ce-n'est-pas-bien ! lança une fois de plus Tourbine dès que Loukhnov eut battu une des fortes cartes d'Iline.

– Qu'est-ce qui vous déplaît, comte ? s'enquit le banquier d'un ton poli et indifférent.

– C'est que vous laissez à Iline les simples et battez les doubles. Voilà ce qui est mal. »

Loukhnov fit des épaules et des sourcils un léger mouvement qui exprimait le conseil de s'abandonner entièrement au sort et de continuer à jouer.

« Blücher ! Psst…, cria le comte, se levant. Prends-le ! » ajouta-t-il rapidement.

Blücher, qui frottait son dos au divan, bondit en manquant de renverser l'officier de la garnison, puis accourut vers son maître, grogna en regardant tour à tour les assistants et, agitant la queue, sembla demander : « Qui dit des injures ici, hein ? »

Loukhnov posa les cartes et écarta sa chaise sur le côté.

« On ne peut jouer ainsi, dit-il. Je déteste les chiens. Comment jouer quand on amène une meute entière ?

– Surtout ces chiens. Je crois qu'on les appelle des sangsues, confirma l'officier de la garnison.

– Eh quoi ! Nous jouons, ou non, Mikhaïl Vassiliévitch ! demanda Loukhnov au maître du logis.

– Ne nous dérange pas. Je t'en prie, comte, dit Iline à Tourbine.

– Viens par ici un instant », répondit Tourbine en prenant Iline par le bras, et en l'entraînant derrière la cloison.

On entendit alors nettement les paroles du comte bien qu'il parlât de sa voix ordinaire. Mais il l'avait si forte qu'on l'entendait toujours à travers trois chambres.

« Enfin ! Es-tu devenu fou ? Ne vois-tu pas que ce monsieur à lunettes est un tricheur de premier ordre ?

– Allons, voyons ! Que dis-tu ?

– Il n'y a pas de voyons ! Cesse de jouer, je te le conseille. Pour moi, ce me serait tout à fait égal. Dans une autre occasion, je t'eusse dévalisé moi-même, mais je ne sais pourquoi, j'ai pitié de toi, je crains que tu ne te perdes. N'as-tu pas de plus l'argent du Trésor ?

– Non, où as-tu pris cela ?

– Vois-tu, frère, j'ai glissé sur cette même pente. Je connais tous les procédés des coquins. Je te dis que l'homme aux lunettes est un tricheur. Cesse, je t'en prie, je te le demande comme à un camarade.

– Oh ! Eh bien, encore une partie, et ce sera fini.

– C'est connu, une partie… Enfin, nous verrons. »

Ils rentrèrent. En une seule donne, Iline misa tant de cartes et tant furent battues, qu'il perdit beaucoup.

Tourbine posa la main au milieu de la table.

« Eh bien ! Assez maintenant, allons-nous-en !

– Non, je ne peux pas. Laisse-moi, s'il te plaît, dit avec dépit Iline en battant les cartes jouées et sans regarder Tourbine.

– Eh bien ! Que le diable t'emporte ! Perds donc si tu en as envie. Moi je m'en vais, il est temps. Zavalchevski, allons chez le chef de la noblesse. »

Ils sortirent.

Tous se turent. Loukhnov ne donna pas de cartes avant que le bruit de leurs pas et des griffes de Blücher n'eût cessé dans le corridor.

« En voilà une tête ! dit le propriétaire rural en riant.

– Eh bien ! Maintenant, il ne nous dérangera plus », chuchota précipitamment l'officier de la garnison.

Et la partie se poursuivit.

IV

Les manches retroussées, les musiciens, des serfs du chef de la noblesse, placés dans la salle du buffet aménagée pour le bal, entamèrent à un signal la vieille polonaise « Alexandre-Elisabeth » et, à la lumière claire et douce des bougies de cire, les invités commencèrent à passer dans le grand salon : le général-gouverneur du temps de Catherine, avec une étoile sur la poitrine, ayant au bras la femme étique du chef de la noblesse ; le chef de la noblesse avait au sien la femme du gouverneur, et les autres personnages importants de la province étaient groupés en diverses combinaisons et mutations. C'est à ce moment que Zavalchevski, en frac bleu, avec un col très haut, des bouffettes sur les épaules, en bas de soie et escarpins, répandant autour de lui le parfum de jasmin dont ses moustaches, ses parements et son mouchoir étaient abondamment inondés, et le beau hussard, vêtu du pantalon bleu clair et du dolman rouge brodé d'or, où pendaient la croix de Vladimir et la médaille de 1812, entrèrent dans la salle. Le comte était d'une taille moyenne, mais distingué et très bien fait. Ses yeux bleu clair, extrêmement brillants, ses cheveux blond foncé, assez longs, frisés en boucles épaisses, donnaient à sa beauté un caractère remarquable. L'arrivée du comte était attendue au bal. Le joli jeune homme qui l'avait vu à l'hôtel l'avait déjà annoncé au chef de la noblesse. L'impression produite par cette nouvelle avait été diverse mais, en général, pas absolument agréable. « Il se moquera de nous, ce gamin-là », pensaient les vieilles femmes et les hommes. « Et s'il allait m'enlever ? » se disaient plus ou moins les jeunes femmes et les jeunes filles. Dès que se termina la polonaise et que les couples se furent réciproquement salués, les dames vis-à-vis des dames, les messieurs vis-à-vis des messieurs, Zavalchevski, heureux et fier, conduisit le comte vers la maîtresse de la maison. La femme du chef de la noblesse en éprouva un certain frisson intérieur : et si ce hussard allait faire avec elle, devant tous, quelque scandale ! Elle se détourna fièrement et prononça avec mépris : « Très heureuse. J'espère que vous danserez. » Et elle le regardait avec méfiance et d'un air de dire : « Si tu oses offenser une femme, tu n'es qu'un lâche. » Cependant, par son amabilité attentive, son visage joli, gai, le comte vainquit bientôt cette méfiance, de sorte qu'au bout de cinq minutes, la maréchale avait déjà une mine qui disait à tous ceux qui la voyaient : « Je sais comment il faut mener ces messieurs, il a compris tout de suite à qui il parlait, et maintenant il se tiendra ainsi envers moi toute la soirée. » De plus, le gouverneur, qui connaissait le père du comte, s'approcha de lui et, avec une grande bienveillance, le prit à part et causa avec lui, ce qui rassura tout à fait le public de la province et rehaussa le comte dans son opinion. Ensuite, Zavalchevski le présenta à sa sœur, une jeune veuve grassouillette, qui, depuis l'arrivée de Tourbine, le fixait de ses grands yeux noirs.

Le comte invita la veuve à danser la valse que jouaient en ce moment les musiciens et, par son art chorégraphique, eut raison définitivement de la prévention générale.

« Ah ! c'est un maître pour la danse », dit une grosse propriétaire rurale en suivant les pantalons bleus qui passaient dans la salle, et comptant mentalement un, deux, trois, un deux trois. « Un vrai maître !

– C'est comme s'il écrivait, tout à fait comme s'il écrivait, fit une autre dame tenue par la société de la province pour une dame de mauvais ton. Il ne touche pas avec ses éperons. Admirable ! Très habile ! »

Le comte, par son art de danser, éclipsa les trois meilleurs danseurs de la province : l'aide de camp du gouverneur, un grand blond qui se distinguait par la rapidité de son pas et sa façon de tenir sa cavalière très près de lui ; l'officier de cavalerie qui se distinguait par un balancement gracieux en valsant et son art de taper souvent mais légèrement du talon, et encore un autre civil dont tous disaient que s'il n'était pas très fort par l'esprit c'était un excellent danseur et l'âme de tout le bal. En effet, ce civil, du commencement du bal jusqu'à la fin, invitait toutes les dames suivant l'ordre dans lequel elles étaient assises et ne cessait pas un moment de danser ; parfois seulement il s'arrêtait pour essuyer avec un mouchoir de batiste son visage couvert de sueur, harassé mais gai. Le comte les éclipsa tous et dansa avec les trois dames les plus importantes : l'une, grande, riche, belle et bête ; une autre, moyenne, maigre, pas très belle mais admirablement habillée ; et une petite, pas belle du tout, mais très intelligente. Il dansa aussi avec d'autres, avec toutes les belles et il y en avait beaucoup. Mais ce fut la petite veuve, la sœur de

Zavalchevski, qui plut particulièrement au comte ; avec elle il dansa le quadrille, l'écossaise et la mazurka. Il commença, quand ils s'assirent pendant le quadrille, par lui faire beaucoup de compliments, la comparant à Vénus, à Diane, à une rose et encore à d'autres fleurs. À toutes ces amabilités la petite veuve ne répondait qu'en ployant son cou blanc, baissant les yeux sur sa robe de mousseline blanche, ou en transportant d'une main à l'autre son éventail, et quand elle disait : « Allons, assez, comte, vous voulez plaisanter », etc., sa voix un peu gutturale avait un tel accent de simplicité naïve et de délicieuse sottise qu'en la regardant il vous venait en effet en tête que ce n'était pas une femme mais une fleur, et non pas une rose mais une fleur sauvage blanche, rose sans parfum, éclose solitaire sur un tertre de neige dans un pays lointain.

Ce mélange de naïveté, d'absence de tout ce qui est convention, avec une fraîche beauté, produisit sur le comte une impression si étrange que plusieurs fois, quand la conversation s'interrompait, en regardant ses yeux ou les belles lignes de ses bras et de son cou, il lui venait avec une telle force le désir de la prendre dans ses bras et de l'embrasser qu'il devait sérieusement se retenir. La jeune veuve remarqua avec plaisir l'impression qu'elle produisait, mais quelque chose commença à la troubler et à l'effrayer dans la conduite du comte, bien que le jeune hussard, avec une aimable flatterie, fût tout le temps respectueux jusqu'à l'obséquiosité selon les conceptions d'alors. Il courut lui chercher de l'orgeat, ramassa son mouchoir et, pour le lui donner plus vite, arracha sa chaise à un jeune propriétaire scrofuleux qui s'empressait aussi près d'elle, et ainsi de suite.

Remarquant que l'amabilité mondaine de ce temps agissait très peu sur sa cavalière, il essaya de la faire rire en lui racontant des anecdotes amusantes et la convainquit que, sur son ordre, il serait prêt à se mettre immédiatement sur la tête, à crier comme un coq, à sauter par la fenêtre ou dans un trou pratiqué à même la glace. Cela réussit à merveille. La jeune veuve s'égaya, rit en montrant des dents d'une blancheur éblouissante ; elle était tout à fait ravie de son cavalier. Et à chaque moment elle plaisait de plus en plus au comte, si bien qu'à la fin du quadrille il en était devenu sincèrement épris.

Quand, après le quadrille, s'approcha de la belle son ancien adorateur, un jeune homme de dix-huit ans, le fils du plus riche seigneur, un garçon scrofuleux, le même à qui Tourbine avait arraché la chaise, elle le reçut très froidement, et ne témoigna pas de la dixième partie du trouble qu'elle éprouvait devant le comte.

« Vous êtes drôle », lui dit-elle en regardant alors le dos de Tourbine et calculant inconsciemment combien de mètres de galon doré avaient été employés pour son uniforme. « Vous êtes drôle, vous aviez promis de venir me prendre pour faire un tour de promenade et m'apporter des bonbons.

– Mais je suis venu, Anna Fédorovna, mais vous étiez déjà partie et je vous ai laissé les meilleurs bonbons, protesta le jeune homme, d'une voix menue, malgré sa haute taille.

– Vous trouvez toujours des excuses ! Je n'ai pas besoin de vos bonbons. Ne pensez pas, je vous prie.

– Ah, je vois bien, Anna Fédorovna, à quel point vous avez changé à mon égard et j'en sais la cause. Seulement ce n'est pas bien », ajouta-t-il, mais, sous l'emprise d'une évidente émotion intérieure qui faisait étrangement trembler ses lèvres, il ne put achever son discours.

Anna Fédorovna ne l'écoutait pas et continuait à suivre Tourbine du regard.

Le chef de la noblesse, le maître de la maison, un vieillard majestueux, gros, édenté, s'approcha du comte et le prenant sous le bras l'invita à venir dans son cabinet de travail, fumer et boire quelque chose.

Dès que Tourbine fut sorti, Anna Fédorovna sentit qu'elle n'avait plus rien à faire au salon et prenant le bras d'une de ses amies, une demoiselle très maigre, passa avec elle au cabinet de toilette.

« Eh bien ! n'est-il pas charmant ? demanda la demoiselle.

– Oui, mais il est horriblement crampon », répondit Anna Fédorovna en s'approchant du miroir pour s'y contempler.

Son visage brillait. Ses yeux riaient, elle rougissait même et, tout à coup, en imitant les danseuses de ballet qu'elle avait vues à ces élections, elle pirouettait sur une jambe, ensuite riait d'un charmant rire de gorge et sautillait même en pliant les genoux.

« Quel homme ! Il m'a demandé un souvenir, dit-elle à son amie, seulement il… n'au… ra… rien du tout », fit-elle chantant les dernières paroles et levant un des doigts de sa main gantée haut jusqu'au coude…

Dans le cabinet où le chef de la noblesse avait emmené Tourbine, il y avait diverses sortes d'eau-de-vie, des liqueurs, des hors-d'œuvre et du champagne. Dans la fumée du tabac, des gentilshommes, assis ou en marchant, causaient des élections.

« Si toute la haute noblesse de notre district l'a honoré de son élection, disait un *ispravnik* élu récemment et qui avait déjà réussi à boire un peu trop, alors il ne devait pas manquer à toute la société ; il ne devait jamais… »

L'arrivée du comte interrompit la conversation. Tous firent connaissance avec lui, et surtout l'*ispravnik* qui tint longtemps sa main dans les siennes et lui demanda plusieurs fois de ne pas refuser d'aller en leur compagnie, après le bal, dans le nouveau cabaret où il régalerait les gentilshommes et où les tziganes chanteraient. Le comte promit d'y venir et vida avec lui plusieurs coupes de champagne.

« Quoi ! messieurs, vous ne dansez pas ? demanda-t-il avant de quitter la pièce.

– Nous ne sommes pas des danseurs, répondit l'*ispravnik* en riant, nous sommes plus connaisseurs de vins, comte… Et d'ailleurs tout cela a grandi sous nos yeux, toutes ces demoiselles, comte ! Moi aussi, je passais plusieurs fois dans l'écossaise, comte… Je puis le faire encore, comte…

– Eh bien, allons-y faire un tour maintenant, dit Tourbine. Amusons-nous un peu avant d'aller chez les tziganes.

– Mais oui ! Allons-y, messieurs ! Cela réjouira notre hôte. »

Et trois des gentilshommes qui depuis le commencement du bal buvaient dans le cabinet, le visage enluminé, prirent, l'un des gants noirs, les autres des gants de soie brodés, et se dirigeaient déjà vers le salon avec le comte, quand le jeune homme scrofuleux, tout pâle, retenant à peine ses larmes, les arrêta et s'approcha de Tourbine.

« Vous pensez qu'il vous suffit d'être comte pour avoir le droit de bousculer tout le monde comme à la foire, dit-il, haletant. Ce n'est pas poli… »

De nouveau, malgré lui, le tremblement de ses lèvres arrêta ses paroles.

« Quoi ! cria Tourbine en fronçant les sourcils. Quoi !… Gamin ! » poursuivit-il en le saisissant par le bras et en le secouant si fort que le jeune homme sentit le sang lui monter au cerveau moins de colère que de peur. « Quoi ! vous voulez vous battre ? Alors je suis à vos ordres. »

À peine Tourbine lâchait-il le bras qu'il serrait si fort que deux des gentilshommes s'emparaient du jeune homme, l'entraînaient vers la porte du fond et le réprimandaient :

« Quoi ! Vous êtes fou ? Ou vous êtes ivre sans doute. On va le dire à votre père. Qu'avez-vous ?

– Non, je ne suis pas ivre, mais il nous bouscule et ne s'excuse pas. C'est un cochon ! Voilà ce qu'il y a ! » criaillait le jeune homme tout en larmes.

On ne l'écouta pas et on l'emmena chez lui.

« Ne faites pas attention, comte, conseillaient de leur côté l'*ispravnik* et Zavalchevski. C'est un enfant, on le fouette encore, il n'a que dix-huit ans. Et que lui est-il arrivé, on ne peut le comprendre. Quelle mouche l'a piqué ? Son père est un homme si respectable, notre candidat…

– Eh bien ! Que le diable l'emporte s'il ne veut pas… »

Et le comte retourna dans la salle et comme auparavant, dansa gaiement l'écossaise avec la jolie veuve et rit de tout cœur en regardant les pas que faisaient les messieurs venus avec lui du cabinet, puis éclata d'un rire sonore quand l'*ispravnik* glissa et s'étala de tout son long au milieu des danseurs.

V

Alors que le comte était dans le cabinet de travail de son hôte, Anna Fédorovna s'approcha de son frère et pensant, on ne sait pourquoi, qu'il était nécessaire de feindre de s'intéresser très peu au comte, elle se mit à l'interroger : « Qui est ce hussard qui a dansé avec moi, dites-moi, mon frère ? » Le cavalier expliqua à sa sœur, tant bien que mal, quel homme remarquable était ce hussard et, incidemment, lui raconta que le comte était resté ici uniquement parce qu'en route on lui avait volé son argent, que lui-même lui avait prêté cent roubles, mais que c'était insuffisant, et il lui demanda si elle ne pourrait pas lui avancer encore deux cents roubles. Puis Zavalchevski la conjura de ne souffler un mot de cela à personne, surtout au comte. Anna Fédorovna promit d'envoyer l'argent immédiatement même et de garder le secret ; mais pendant l'écossaise il lui prit une terrible envie de proposer elle-même au comte autant d'argent qu'il voudrait. Elle hésita longtemps, rougit beaucoup, et enfin, faisant un effort, engagea ainsi le propos :

« Mon frère m'a dit, comte, qu'il vous était arrivé un malheur au cours de votre voyage et que vous n'aviez pas d'argent. Mais si vous en avez besoin, ne voudriez-vous pas accepter le mien ? Cela me ferait grand plaisir. »

Mais, après avoir prononcé ces paroles, Anna Fédorovna s'effraya soudain et rougit. Toute la gaieté disparut momentanément du visage du comte.

« Votre frère est un sot ! dit-il d'un ton tranchant. Vous savez que, quand un homme en offense un autre, ils se battent, mais si une femme offense un homme savez-vous ce que l'on fait ? »

La malheureuse Anna Fédorovna sentit son cou et ses oreilles s'empourprer de confusion ; elle ne répondit rien.

« On l'embrasse devant tous, dit doucement le comte en s'inclinant vers son oreille. Alors, permettez-moi au moins de baiser votre main, ajouta-t-il gentiment après un long silence, ayant pitié de la confusion de sa cavalière.

– Ah !… seulement, pas tout de suite, répliqua Anna Fédorovna en soupirant profondément.

– Eh bien ! Quand donc ? Demain je pars de bonne heure… et vous me devez cela.

– Alors c'est impossible, répliqua Anna Fédorovna souriante.

– Accordez-moi seulement l'occasion de vous voir aujourd'hui pour vous baiser la main ; je la trouverai.

– Mais comment la trouverez-vous ?

– Ce n'est pas votre affaire. Pour vous voir, tout m'est possible. Alors c'est convenu ?

– Oui. »

L'écossaise finissait ; on dansa encore une mazurka, le comte y fit merveille : il attrapait le mouchoir en s'inclinant sur un genou et en faisant tinter ses éperons d'une façon particulière, à la varsovienne, de telle sorte que tous les vieux quittaient leur jeu de boston pour regarder dans la salle, et le cavalier, le meilleur danseur, s'avoua surpassé. Après le souper on dansa encore « le grand-père » et l'on commença à se séparer. Le comte ne quittait pas des yeux la jeune veuve. Il ne mentait pas en disant que pour elle il était prêt à se jeter dans un trou au milieu de la glace. Était-ce caprice, amour ou entêtement, mais durant cette soirée toutes les forces de son âme étaient concentrées en un seul désir : l'avoir et l'aimer.

Dès qu'il remarqua qu'Anna Fédorovna faisait ses adieux à la maîtresse de la maison, il courut dans l'antichambre, et de là, sans pelisse, dans la cour, où stationnaient les équipages.

« La voiture d'Anna Fédorovna Zaïtzova ! » cria-t-il. Une haute voiture à quatre places, aux lampions vacillants s'approcha du perron. « Arrête ! cria-t-il au cocher en courant vers la voiture, de la neige jusqu'aux genoux.

– Que vous faut-il ? demanda le cocher.

– Monter dans la voiture, répondit le comte en ouvrant la portière et s'efforçant de grimper dans la voiture en marche. Attends donc, diable, imbécile !

– Vaska ! Arrête ! cria le cocher au postillon ! Arrête les chevaux ! Pourquoi montez-vous dans la voiture d'un autre ? C'est la voiture de Mme Anna Fédorovna et non pas celle de Votre Grâce.

– Tais-toi donc, imbécile ! Tiens, voilà un rouble pour toi, mais descends et ferme la portière », dit le comte. Et comme le cocher ne bougeait pas, il ramena lui-même le marchepied et, ouvrant la vitre, ferma la portière.

Dans la voiture, comme dans toutes les anciennes voitures, surtout celles tapissées de passementerie jaune, on sentait une odeur de moisissure et de crin brûlé. Le comte s'était mouillé les jambes jusqu'aux genoux dans la neige, il les sentait glacées dans ses chaussures et son pantalon léger, et un froid glacial pénétrait tout son corps. Le cocher grommelait sur son siège et paraissait vouloir descendre. Mais le comte n'entendait et ne sentait rien. Il avait le visage brûlant et le cœur battant. Il saisit avec force la courroie jaune, passa la tête à travers la portière et toute sa vie se concentra dans l'attente qui ne fut pas longue. On cria du perron : « La voiture de Mme Zaïtzova ! » Le cocher agita les guides, la caisse de la voiture se balança sur ses hauts ressorts, les fenêtres éclairées de la maison défilèrent l'une après l'autre devant la vitre de la voiture.

« Prends garde, si tu es assez canaille pour dire au valet que je suis ici, je te rosserai, le menaça le comte en passant la tête par le châssis de devant, mais si tu ne dis rien, tu auras encore dix roubles. »

À peine avait-il refermé la vitre que la voiture se balançait de nouveau violemment. Puis s'arrêta. Le comte se tapit dans un coin, retint sa respiration, ferma même les yeux, tant il avait peur pour une raison quelconque que son attente passionnée fût trompée. La portière s'ouvrit ; le marche-pied s'abaissa avec bruit ; une robe de femme fit entendre son frou-frou ; une odeur de jasmin envahit l'intérieur, des petits pieds gravirent prestement le marchepied, et Anna Fédorovna frôlant du pan de son manteau entrouvert la jambe du comte, se laissa tomber sans rien dire, mais avec un soupir profond, sur le siège près de lui.

L'avait-elle vu ou non, nul ne saurait le dire, pas même Anna Fédorovna. Mais quand il prit sa main et dit : « Eh bien ! Maintenant, malgré tout, je baiserai vos doigts », elle se montra peu effrayée, ne répondit rien et tendit sa main qu'il couvrit de baisers beaucoup au-dessus du gant. La voiture s'ébranlait…

« Dis donc quelque chose, la supplia-t-il, tu n'es pas fâchée ? »

Elle se renfonça dans son coin en silence, mais tout à coup elle se mit à pleurer et laissa tomber sa tête sur la poitrine du jeune homme.

VI

L'*ispravnik* nouvellement élu, et tous ses compagnons, le cavalier et les autres gentilshommes, écoutaient depuis longtemps les tziganes et buvaient au nouveau cabaret, quand le comte vêtu d'une pelisse d'ours couverte de drap bleu, qui avait appartenu au défunt mari d'Anna Fédorovna, rejoignit leur compagnie.

« Petit père, Votre Excellence ! nous vous attendions depuis longtemps, dit en montrant des dents resplendissantes un tzigane noir, aux yeux louches, en l'accueillant dans le vestibule et en se précipitant pour lui ôter sa pelisse. Nous ne vous avons pas vu depuis la foire à Lébédiane… Stiocha se languissait de vous… »

Stiocha, une très jeune et jolie tzigane, son visage brun fardé de brique, des yeux profonds, brillants et noirs, ombragés de longs cils, accourut aussi à sa rencontre.

« Ah, petit comte ! Chéri ! En voilà une joie ! » s'exclama-t-elle avec un sourire joyeux.

Iluchka lui-même vint aussi au-devant de lui en feignant d'être très heureux. Les femmes vieilles et jeunes, les jeunes filles quittèrent leur place et entourèrent l'hôte. Les uns le traitaient de compère, d'autres de parrain.

Tourbine embrassa sur la bouche toutes les jeunes tziganes ; les vieilles et les hommes lui baisaient l'épaule et la main. Les gentilshommes se réjouissaient aussi de l'arrivée de l'hôte, d'autant plus que l'orgie, ayant atteint son apogée, se refroidissait déjà. On commençait à en éprouver la satiété. Le vin, perdant l'effet excitant sur les nerfs, ne faisait plus que charger l'estomac. Chacun avait déjà brillé de tous ses feux et l'on se regardait mutuellement. Toutes les chansons étaient déjà chantées et se mêlaient dans les têtes en y laissant une impression bruyante et confuse. Quoi qu'on fît d'étrange et d'extravagant, tous pensaient qu'il n'y avait là rien de drôle ni d'amusant. L'*ispravnik* étendu sur le parquet dans une pose dégoûtante, aux pieds d'une vieille femme, gigotait en criant :

30

« Du champagne !... Le comte est arrivé !... Du champagne !... Il est arrivé !... Allons ! Du champagne !... Je ferai un bain de champagne et m'y plongerai !... Messieurs les gentilshommes, j'aime la société des nobles. Stiochka ! chante "La petite route" ! »

Le cavalier aussi était ivre, mais d'une autre façon. Il était assis sur le divan du coin, très près d'une grande et belle tzigane, Lubacha, et, la fumée du vin lui brouillant la vue, il clignait les paupières, agitait la tête et répétait les mêmes paroles. Tout bas, il lui suggérait de fuir quelque part avec lui. Lubacha l'écoutait en souriant comme si ce qu'il lui disait était très gai et en même temps un peu triste. Elle jetait de temps en temps un regard sur son mari, le louche Sachka qui se tenait derrière une chaise en face d'elle, et en réponse à l'aveu d'amour du cavalier, elle s'inclinait vers son oreille et lui demandait de lui acheter en cachette, à l'insu des autres, des parfums et des rubans.

« Hourra ! » s'écria le cavalier à l'entrée du comte.

Le joli jeune homme, l'air soucieux, allait et venait à pas comptés dans la pièce en chantant des motifs de « La révolte au sérail ».

Un vieux père de famille entraîné chez les tziganes par les demandes pressantes des gentilshommes qui avaient déclaré que sans lui tout serait manqué et qu'alors il deviendrait inutile d'y aller, était allongé sur le divan où il s'était écroulé aussitôt arrivé, et personne ne lui prêtait la moindre attention. Un fonctionnaire quelconque, qui se trouvait là également, avait ôté son frac puis, les cheveux ébouriffés, s'était assis en mettant les pieds sur la table pour se convaincre ainsi qu'il faisait la grande noce. Dès que le comte entra, il déboutonna le col de sa chemise et posa ses jambes encore plus haut sur la table. De manière générale, à l'arrivée du comte, l'orgie s'anima.

Les tziganes qui s'étaient dispersées dans les chambres, se reformèrent en cercle. Le comte prit la soliste Stiochka sur ses genoux et ordonna d'apporter encore du champagne. Iluchka prenant sa guitare se plaça devant la soliste et commença *la danse*, c'est-à-dire les chansons tziganes. « Quand j'erre dans la rue », « Eh ! vous, les hussards !... », « Entends-tu, comprends-tu ?... », etc., en un certain ordre. Stiochka chantait admirablement. Sa voix de contralto souple, sonore, qui coulait de sa poitrine, ses sourires pendant qu'elle chantait, ses yeux rieurs et passionnés, son petit pied qui battait la mesure involontairement, ses cris déchirants au commencement des morceaux, tout cela faisait vibrer une corde sonore rarement effleurée. On voyait qu'elle vivait tout entière dans les chansons qu'elle chantait. Iluchka, montrant par son sourire, son dos, ses jambes, par tout son être, la part qu'il prenait à ce numéro, l'accompagnait sur la guitare, dévorant la jeune femme des yeux comme s'il entendait cette chanson pour la première fois, et inclinait et soulevait la tête avec attention au rythme de la musique. Puis, tout à coup, à la dernière note, il se dressait et, comme s'il se sentait supérieur à tout au monde, fièrement et résolument lançait la guitare avec son pied, la retournait, tapait du talon, secouait les chanteuses, et, fronçant les sourcils, regardait le chœur bien en face. Tout son corps, du cou aux talons, entrait en transe… et vingt voix énergiques, puissantes, chacune de toutes leurs forces, se répondaient de la façon la plus étrange et la plus extraordinaire, et résonnaient dans l'air.

Les vieilles tressaillaient sur leurs chaises, agitaient leurs mouchoirs et, montrant leurs dents, commençaient à crier en mesure, l'une plus haut que l'autre. Les autres, les basses, la tête penchée et le cou tendu, mugissaient debout derrière les chaises.

Quand Stiochka prenait les notes élevées, Iluchka approchait d'elle la guitare, comme s'il voulait l'aider, et le joli jeune homme s'écriait, enthousiasmé, que maintenant c'étaient les bémols qui étaient en jeu.

Quand commencèrent les chants accompagnés de danse, et que Dounachka, avec des mouvements des épaules et de la poitrine, passa en déployant ses grâces devant le comte puis alla plonger plus loin, Tourbine bondit de sa place, quitta son uniforme et, resté en simple chemise rouge, se mit à danser avec elle en mesure, en exécutant de tels pas que les tziganes se regardaient mutuellement avec un sourire approbateur.

L'*ispravnik* s'assit à la turque, du poing se frappa la poitrine, cria « vivat ! » et ensuite, attrapant le comte par les jambes, se mit à lui raconter que sur deux milles roubles il ne lui en restait que cinq cents et qu'il pouvait faire pour lui tout ce qu'il voulait pourvu seulement que le comte le lui permît. Le vieux père de famille s'éveilla et voulut partir, mais on ne l'y autorisa pas. Le joli jeune homme suppliait la tzigane de danser une valse avec lui. Le cavalier, pour se flatter de son amitié avec le comte, se leva de son coin et enlaça Tourbine.

« Ah ! toi, mon cher, lui dit-il, pourquoi donc nous as-tu quittés ? Hein ! » Le comte ne répondait pas songeant visiblement à autre chose. « Où es-tu allé ? Ah ! coquin, je sais où tu es allé ! »

Cette familiarité ne plut pas à Tourbine. Sans sourire, il regarda en silence le visage du cavalier et tout à coup lui lança une injure si violente, si grossière que le cavalier attristé, ne sut, un bon moment, s'il devait prendre la chose en plaisanterie ou non. Enfin, il décida que c'était une plaisanterie, sourit, retourna près de la tzigane et lui jura de l'épouser absolument après Pâques.

On chanta une autre chanson, une troisième. On recommença à danser et tout continua à paraître très gai. Le champagne ne tarissait pas. Le comte buvait beaucoup. Il avait l'œil larmoyant, mais il ne titubait pas, dansait mieux que jamais, parlait d'une voix ferme et même dans le chœur accompagna très bien Stiochka quand elle chanta : « Le tendre émoi de l'amour ». En plein milieu de la chanson le marchand, propriétaire du cabaret, vint demander aux hôtes de se retirer, car il était plus de deux heures du matin.

Le comte saisit le cabaretier au collet et lui ordonna de danser en *prissiadka*. Le marchand refusa. Le comte saisit une bouteille de champagne, obligeant le marchand à se mettre jambes en l'air, et ordonna de le maintenir ainsi. Puis au milieu du rire général, il vida lentement sur lui toute la bouteille.

Le jour se montrait ; tous, sauf le comte, étaient pâles et fatigués.

« Allons, il est temps pour moi de partir pour Moscou, dit-il tout à coup en se levant. Allons tous chez moi, mes enfants ; accompagnez-moi et nous boirons du thé. »

Tous consentirent, sauf le propriétaire endormi, qui resta sur place. Ils emplirent trois traîneaux qui stationnaient à l'entrée et se rendirent à l'hôtel.

VII

« Attelez ! cria le comte en entrant dans le salon de l'hôtel, avec tous ses invités et les tziganes. Sachka ! Pas le tzigane Sachka, mais le mien, va dire au maître de poste que je le battrai si les chevaux sont mauvais. Et qu'on nous serve du thé ! Zavalchevski, occupe-toi de cela pendant que j'irai voir ce que fait Iline. » Et, sortant dans le couloir, il se dirigea chez le uhlan.

Iline venait de quitter le jeu et, après avoir perdu tout son argent, jusqu'au dernier kopeck, il était étendu sur le divan déchiré, dont on apercevait le crin, et tirant l'une après l'autre des brindilles, les portait à sa bouche, les coupait et les crachait. Sur la table de jeu, jonchée de cartes, deux chandelles, dont l'une déjà brûlée jusqu'à la papillotte, luttaient faiblement contre la lumière du jour qui entrait par la fenêtre. Le uhlan n'avait aucune pensée en tête, le brouillard épais de la passion du jeu enveloppait toutes ses facultés mentales. Il n'éprouvait même pas de repentir. Il avait essayé de réfléchir à ce qu'il devait faire maintenant, au moyen de partir sans un kopeck, de payer les quinze mille roubles du Trésor ; à ce que diraient le commandant du régiment, sa mère, ses camarades – et il fut saisi d'une telle peur et d'un tel dégoût de lui-même que, pour s'étourdir un peu, il se leva et se mit à faire les cent pas dans la chambre, en tâchant de ne marcher que sur les raies du parquet. Et de nouveau, il commença à se rappeler tous les menus détails du jeu. Il s'imaginait déjà rattrapant ses pertes, tirant le neuf, posant le roi de pique sur deux mille roubles, tandis qu'une dame tombait à droite, à gauche un as, à droite le roi de carreau et tout était perdu. Mais si un six était à droite et le roi de carreau à gauche, alors je gagnerais, je poserais tout sur le talon et je gagnerais quinze mille net. Je m'achèterais alors le bon cheval du commandant du régiment, encore une paire de chevaux, un phaéton. Eh bien, quoi encore ? Oui, quel bon coup c'eût été ! Il s'allongea de nouveau sur le divan et recommença à mordiller le crin.

« Pourquoi chante-t-on au n° 7 ? pensa-t-il. On fait sans doute la noce chez Tourbine. Et si j'y allais boire ferme… ? »

À ce moment le comte entra.

« Eh bien ! Mon cher, tu as tout perdu, hein ? » cria-t-il.

« Je vais faire semblant de dormir, pensa Iline, autrement, il faudra causer avec lui et j'ai déjà sommeil. »

Tourbine s'approcha néanmoins de lui et lui caressa la tête.

« Eh bien ! Quoi, mon cher ami, tu as tout perdu ? Hein, perdu ? Parle donc ! »

Iline ne répondit pas.

Le comte le tira par le bras.

« J'ai perdu. Eh bien, que t'importe, murmura Iline d'une voix endormie, indifférente, et sans changer de position.

– Tout ?

– Oui. Eh bien ! Et après ? Tout. Qu'est-ce que cela peut te faire ?

– Écoute, dis la vérité à un camarade, prononça le comte rendu sentimental par le vin, en continuant à caresser la tête d'Iline. Vraiment je t'aime. Dis la vérité, si tu as perdu l'argent du Trésor, je te tirerai d'affaire ; autrement ce sera trop tard… Tu avais l'argent du Trésor ? »

Iline bondit du divan.

« Si tu veux que je parle, alors ne cause pas ainsi avec moi, parce que… je t'en prie, ne me parle pas… Une balle dans le front, voilà ce qui me reste à faire ! s'écria-t-il avec un vrai désespoir, laissant tomber sa tête dans ses mains et fondant en larmes, bien qu'un instant avant il pensât très tranquillement aux chevaux.

– Ah ! voyez-moi ça ! Une vraie jeune fille ! Allons ! À qui cela n'arrive-t-il pas ? Ce malheur peut encore se réparer. Attends-moi ici. »

Le comte sortit de la chambre.

« Quelle chambre occupe le propriétaire Loukhnov ? » demanda-t-il au garçon de l'hôtel.

Le garçon offrit d'accompagner le comte. Le comte, malgré l'observation du garçon que « monsieur vient de rentrer et se déshabille », pénétra dans la chambre. Loukhnov, en robe de chambre, était assis à sa table et comptait les liasses de billets de banque étalées devant lui. Sur la table, il y avait une bouteille de vin du Rhin, qu'il aimait beaucoup. Après avoir gagné au jeu il se permettait ce plaisir. Loukhnov, qui avait l'air de ne pas le reconnaître, regarda froidement, sévèrement le comte, par-dessus ses lunettes.

« Il me semble que vous ne me remettez pas, dit le comte en s'approchant de la table d'un pas décidé.

– Que désirez-vous ? demanda Loukhnov le reconnaissant.

– Jouer avec vous, dit Tourbine, en s'asseyant sur le divan.

– Maintenant ?

– Oui.

– Une autre fois avec plaisir, comte, mais maintenant je suis fatigué et me dispose à aller dormir. Ne voulez-vous pas de ce vin ? Du bon vin ?

– Non, je voudrais faire une petite partie.

– Je ne suis plus disposé à jouer, peut-être un de ces messieurs jouera-t-il, mais moi je ne jouerai pas, comte ! Excusez-moi, s'il vous plaît.

– Alors, vous refusez ? » Loukhnov fit des épaules un geste qui devait exprimer son regret de ne pouvoir accéder au désir du comte.

« À aucun prix vous ne voulez jouer ? »

De nouveau le même geste…

« Je vous en prie instamment… Eh bien ! Voyons, jouerez-vous ? »

Le silence.

« Allez-vous jouer ou non ? demanda le comte pour la deuxième fois. Prenez garde ! »

Le même silence de la part de Loukhnov mais accompagné d'un regard rapide, à travers les lunettes, sur le visage du comte qui commençait à pâlir.

« Allez-vous jouer ? cria le comte d'une voix haute, en frappant si fort sur la table, que la bouteille de vin du Rhin tomba et se vida. Vous n'avez pas gagné honnêtement ! Allez-vous jouer ? Je vous le demande pour la troisième fois.

– J'ai déjà dit que non. C'est vraiment étrange, comte, et tout à fait inconvenant de mettre à un homme le couteau sous la gorge », remarqua Loukhnov, sans lever ses yeux.

Un court silence suivit pendant lequel le visage du comte devint de plus en plus pâle. Soudain, un terrible coup à la tête abasourdit Loukhnov. Il tomba sur le divan en tâchant de retenir son argent, se mit à crier d'une voix perçante et désespérée qu'on n'aurait nullement attendu d'un être toujours calme et solennel. Tourbine ramassa le reste des billets qui se trouvaient sur la table, repoussa le domestique accouru au secours de son maître et sortit rapidement de la pièce.

« Si vous désirez une réparation, je suis à vos ordres. Je serai encore une demi-heure dans ma chambre », ajouta le comte, en se retournant vers la porte de Loukhnov.

« Coquin ! voleur ! entendait-on à l'intérieur. Je te ferai un procès ! Je te traînerai au tribunal ! »

Iline, qui n'avait prêté aucune attention à la promesse du comte de le sauver, était toujours couché de la même façon, étouffant de larmes de désespoir.

Le sentiment de la réalité qui, par les caresses et la sympathie s'était réveillé en lui à travers le brouillard des impressions, des pensées, des souvenirs qui emplissaient son âme, ne le quittait plus. Sa jeunesse riche d'espérance, son honneur, l'estime du monde, ses rêves d'amour et d'amitié, tout était perdu à jamais. La source de ses larmes commençait à tarir ; un sentiment trop calme d'avoir tout perdu s'emparait de lui de plus en plus, et l'idée du suicide, qui ne lui inspirait déjà plus ni dégoût ni effroi, s'imposait peu à peu à son esprit. À ce moment, les pas fermes du comte se firent entendre.

Les traces de la colère se voyaient encore sur le visage de Tourbine, ses mains tremblaient un peu, mais dans ses yeux se lisaient la joie et une grande satisfaction.

« Prends ! J'ai regagné tes pertes ! dit-il en jetant sur la table quelques liasses de billets de banque. Compte voir s'il y a tout. Et descends au plus tôt dans le salon. Je pars tout de suite », ajouta-t-il comme s'il ne remarquait pas la profonde émotion de joie et de reconnaissance qu'exprimait le visage du uhlan. Puis, sifflotant une chanson tzigane, il sortit de la chambre.

VIII

Sachka, tout en sanglant sa ceinture, annonça que les chevaux étaient prêts, mais qu'auparavant il voulait aller chez le chef de la noblesse pour chercher le manteau du comte qui, disait-il, avec le col valait trois cents roubles, et rendre la vilaine pelisse bleue au vaurien qui l'avait échangée contre le manteau du hussard. Mais Tourbine s'y opposa et alla dans sa chambre faire sa toilette pour le voyage.

Le cavalier qui ne cessait d'avoir le hoquet, était assis sans mot dire près de sa tzigane. L'*ispravnik* réclamait de l'eau-de-vie, invitait toute la compagnie à venir tout de suite déjeuner chez lui, et promettait que sa femme elle-même danserait avec les tziganes. Le joli jeune homme expliquait gravement à Iluchka que le piano a beaucoup plus d'âme et que sur la guitare on ne peut jouer les bémols. Le fonctionnaire buvait tristement son thé dans un coin, et semblait, à la lumière du jour, avoir honte de sa débauche. Les tziganes discutaient entre eux dans leur langue sur l'obligation de faire encore plaisir aux seigneurs, à quoi Stiochka résistait en disant que le *baroraï* (en langage des tziganes, le comte ou le prince, ou plutôt un grand seigneur), se fâcherait. Chez tous, en général, s'éteignait la dernière étincelle de l'orgie.

« Eh bien ! Pour les adieux encore une chanson et puis séparons-nous », dit le comte, frais, gai, plus bel homme que jamais, en entrant dans la salle en costume de voyage.

Les tziganes se regroupèrent en cercle et se préparaient à chanter, quand Iline entra dans la salle avec une liasse de billets de banque à la main et prit à part le comte.

« Je n'avais que quinze mille roubles du Trésor et tu m'en as donné seize mille trois cents, dit-il, alors, le surplus est à toi.

– Bonne affaire ! Donne ! »

Iline remit l'argent en regardant timidement le comte. Il ouvrit la bouche pour parler mais se contenta de rougir au point que des larmes jaillirent de ses yeux. Puis il saisit la main de son ami et la serra chaleureusement.

« Iluchka !… Écoute-moi, prends, voilà de l'argent pour toi, mais tu vas m'accompagner avec des chansons jusqu'aux remparts. »

Et il jeta sur sa guitare les mille trois cents roubles qu'apportait Iline, en revanche, il oublia de rendre au cavalier les cent roubles qu'il lui avait empruntés la veille.

Il était déjà dix heures du matin. Le soleil montait au-dessus des toits, des gens circulaient dans les rues, depuis longtemps les marchands avaient ouvert leurs boutiques, nobles et fonctionnaires passaient en voiture et les dames flânaient dans les magasins, quand une bande de tziganes, l'*ispravnik,* le cavalier, le joli jeune homme, Iline et le comte, en pelisse bleue doublée de peau d'ours, parurent sur le perron de l'hôtel. Le jour était ensoleillé et il dégelait. Trois troïkas de poste, dont les chevaux piaffaient dans la boue liquide, s'approchèrent du perron et toute la joyeuse compagnie s'installa. Le comte, Iline, Stiochka, Iluchka et le brosseur Sachka montèrent dans le premier traîneau. Blücher, hors de soi, agitant la queue, aboyait après le cheval du brancard. Les autres personnages prirent place dans les deux autres traîneaux avec les tziganes, hommes et femmes. Les traîneaux se placèrent de front et les tziganes se mirent à chanter en chœur.

Les troïkas, au son des clochettes et des chansons, en repoussant sur les trottoirs les voitures qu'elles rencontraient, traversèrent la ville entière jusqu'aux remparts.

Les marchands et les passants, les inconnus et surtout les gens qui les connaissaient, s'étonnaient beaucoup en voyant de nobles gentilshommes passer dans les rues, au beau milieu du jour, accompagnés de tziganes, hommes et femmes, ivres. Quand elles eurent franchi les remparts, les troïkas s'arrêtèrent et tous firent leurs adieux au comte.

Iline qui, pour fêter son départ, avait bu pas mal et qui tout le temps avait conduit lui-même les chevaux, devint tout à coup triste et se mit à supplier le comte de rester encore une journée. Mais quand il vit que c'était impossible, spontanément, sans qu'on pût s'y attendre, il se jeta au cou de son nouvel ami en pleurant et promit de demander dès son retour sa permutation dans le régiment où servait Tourbine. Le comte était particulièrement gai. Il poussa sur un tas de neige le cavalier qui depuis le matin le tutoyait, lança Blücher sur l'*ispravnik*, prit Stiochka dans ses bras et voulut l'emmener avec lui à Moscou ; enfin, il bondit dans le traîneau et fit asseoir près de lui Blücher qui insistait pour rester debout au milieu. Sachka demanda encore une fois au cavalier de reprendre *chez eux* le manteau du comte et de le renvoyer, et sauta aussitôt sur le siège. Le comte cria : « Va ! », souleva son chapeau, l'agita et siffla les chevaux comme un postillon. Les troïkas se séparèrent.

Loin devant s'étendait une plaine monotone couverte de neige où serpentait la ligne jaune et sale de la route. Le soleil clair brillait d'un vif éclat sur la neige fondante couverte d'une mince écorce glacée, et chauffait agréablement le visage et le dos. Une vapeur s'échappait des chevaux en sueur. Les grelots tintaient. Un moujik qui conduisait une charrette sur un traîneau branlant, en tirant les guides en corde, s'écarta hâtivement en frappant de ses *lapti* mouillés la route fondante. Une paysanne grosse, rouge, tenant un enfant, était assise sur une autre charrette et du bout des guides frappait une petite rosse blanche, étique. Le comte se rappela tout à coup Anna Fédorovna.

« Retourne ! » cria-t-il.

Le postillon ne comprit pas tout de suite.

« Retourne ! Va à la ville ! Plus vite que ça ! »

La troïka franchit de nouveau les remparts, et vint aborder gaillardement le perron de bois de la maison de Mme Zaïtzova. Le comte gravit rapidement l'escalier, traversa l'antichambre, le salon, et, trouvant la jeune veuve encore endormie, la prit dans ses bras, la souleva du lit, baisa ses yeux clos et sortit en courant. Anna Fédorovna, à peine réveillée, se contenta de se passer la langue sur les lèvres en demandant : « Qu'y a-t-il ? » Le comte sauta dans le traîneau, cria au cocher de partir, et cette fois sans s'arrêter, sans même penser à Loukhnov, à la jeune veuve ou à Stiochka, songeant seulement à ce qui l'attendait à Moscou, il quitta pour toujours la ville de K***.

IX

Vingt ans se sont écoulés. Beaucoup d'eau a coulé depuis lors, beaucoup de gens sont morts, beaucoup sont nés, beaucoup ont grandi et vieilli ; et, en plus grand nombre encore, des idées sont nées et ont disparu ; beaucoup du bon et beaucoup du mauvais d'autrefois n'est plus ; beaucoup de bonnes choses nouvelles ont grandi et encore plus de choses informes, monstrueuses ont paru au monde.

Le comte Fédor Tourbine, depuis longtemps déjà, avait été tué en duel par un étranger qu'il avait cravaché dans la rue ; son fils, qui lui ressemblait comme deux gouttes d'eau se ressemblent, était déjà un charmant jeune homme de vingt-trois ans et servait comme cavalier-garde. Moralement, le jeune comte Tourbine ne ressemblait pas du tout à son père. Il n'y avait pas même en lui une ombre de ces penchants belliqueux, passionnés, et à vrai dire débauchés, du siècle passé. Avec l'intelligence, la culture et une nature très douée héritée de son père, ses qualités distinctives étaient l'amour des convenances et des commodités de la vie, une vue pratique des gens et des circonstances, la prudence et la persévérance. Le jeune comte faisait une brillante carrière : à vingt-trois ans, il était déjà lieutenant… Au début des hostilités, il décida qu'il serait plus avantageux pour son avancement de passer dans l'armée de campagne, et il entra comme capitaine de cavalerie au régiment des hussards, et en effet, reçut bientôt un escadron.

Au mois de mai 1848, le régiment des hussards S*** traversait la province de K***, et ce même escadron que commandait le jeune comte Tourbine devait passer la nuit à Morozovka, village qui appartenait à Anna Fédorovna. Anna Fédorovna vivait encore, mais elle était si peu jeune qu'elle-même en convenait, ce qui signifie beaucoup pour une femme. Elle avait grossi beaucoup, ce qui, dit-on, rajeunit les femmes, mais sur cette chair blanche, empâtée, on apercevait de grosses rides molles. Maintenant elle n'allait jamais en ville, montait même difficilement en voiture, mais était toujours aussi naïve et aussi sotte ; ce qu'on peut bien dire maintenant qu'elle ne le rachète plus par sa beauté. Avec elle vivait sa fille Lisa, une belle Russe de la campagne, de vingt-trois ans, et son frère que nous connaissons, le cavalier, qui, grâce à son bon cœur, avait mangé tous ses domaines et, dans la vieillesse, avait trouvé asile chez Anna Fédorovna. Ses cheveux étaient devenus tout blancs. Sa lèvre inférieure pendait, mais ses moustaches étaient soigneusement teintes en noir. Des rides coupaient non seulement son front et ses joues mais le nez et le cou ; le dos se voûtait, cependant, dans les jambes faibles et arquées on reconnaissait les allures du vieux cavalier. Toute la famille et les familiers d'Anna Fédorovna étaient assis dans le petit salon éclairé de la vieille maison, la porte du balcon ouverte sur un vieux parc de tilleuls construit en étoile.

Anna Fédorovna, les cheveux gris, en camisole lilas, assise sur le divan devant un guéridon d'acajou, faisait une patience. Son vieux frère ne quittait pas la fenêtre ; vêtu d'un pantalon blanc bien propre et d'un veston bleu, il tressait sur une bobine fourchue un cordon de coton blanc, travail que lui avait appris sa nièce et qu'il aimait beaucoup, puisqu'il ne pouvait faire rien d'autre car pour la lecture des journaux, son occupation favorite, sa vue était déjà trop faible. Assise près de lui, Pimotchka, une fillette élevée par Anna Fédorovna, répétait sa leçon sous la direction de Lise qui tricotait en même temps, sur des aiguilles de bois, une paire de bas en poil de chèvre destinés à son oncle. Les derniers rayons du soleil couchant, comme toujours à cette époque de l'année, frappaient à l'oblique la fenêtre la plus éloignée et l'étagère voisine. Le jardin et la pièce étaient si calmes qu'on entendait derrière la fenêtre le bruit d'une hirondelle passant à tire-d'aile, ou bien à l'intérieur un soupir faible d'Anna Fédorovna, ou le toussotement du petit vieillard quand il croisait ses jambes d'une autre façon.

« Comment se fait cette patience ? Lisenka, montre-moi. J'oublie toujours », dit Anna Fédorovna en s'arrêtant au milieu de la patience.

Lisa, sans cesser de tricoter, s'approcha de sa mère et, jetant un coup d'œil sur les cartes :

« Ah ! ma petite colombe, maman, vous avez tout embrouillé. » Elle arrangea les cartes.

« Voilà comment il fallait que ce fût. Mais quand même ce que vous pensiez réussira, ajouta-t-elle en retirant à la dérobée une carte.

« Ah ! tu me trompes toujours ! Tu prétends que c'est bien, que ça va réussir.

– Non, cette fois ça réussira. Voilà, ça y est.

– Bon, mon enfant gâtée ! Mais n'est-il pas temps de prendre le thé ?

– J'ai déjà ordonné de chauffer le samovar. Je vais y aller. Faut-il l'apporter ici ? Allons ! Pimotchka, finis plus vite ta leçon et courons-y. »

Lisa sortit de la chambre.

« Lisotchka ! Lisenka ! s'écria l'oncle en examinant avec soin sa bobine. Je crois que de nouveau j'ai laissé échapper une maille ; arrange cela, chérie !

– Tout de suite, tout de suite ! Je vais simplement donner le sucre à casser. »

En effet, trois minutes après, elle accourait dans la chambre, s'approchait de son oncle et le prenant par l'oreille :

« Voilà, ça vous apprendra à laisser échapper des mailles, dit-elle en riant. Et vous n'avez pas terminé votre tâche.

– Eh bien, eh bien ! Arrange donc un peu ça. Évidemment il y avait un petit nœud. »

Lisa prit le tricot, ôta une épingle de son fichu, que souleva un peu le vent de la fenêtre, et avec l'épingle elle reprit la maille, fit deux points et rendit la bobine à son oncle.

« Eh bien ! Embrassez-moi pour cela, dit-elle en lui tendant sa joue rouge et remettant l'épingle à son fichu. Aujourd'hui, vous prendrez le thé avec du rhum, puisque c'est vendredi. »

Et elle partit de nouveau dans la chambre où se préparait le thé.

« Petit oncle ! Venez donc voir, les hussards arrivent chez nous ! » cria-t-elle de sa petite voix sonore.

Pour bien voir les hussards, Anna Fédorovna et son frère vinrent dans la salle où l'on préparait le thé et dont les fenêtres donnaient sur le village. Mais on distinguait mal ce qui se passait, on apercevait seulement, à travers la poussière, une troupe en marche.

« C'est dommage, petite sœur, dit l'oncle à Anna Fédorovna, c'est dommage que nous soyons si à l'étroit et que le pavillon ne soit pas terminé, nous aurions pu inviter les officiers chez nous. Les officiers de hussards c'est une jeunesse si belle, si gaie, je voudrais au moins les voir.

– J'en serais aussi très contente ; mais, frère, vous savez bien vous-même qu'il n'y a pas de place ; ma chambre, celle de Lise, le salon et votre chambre, c'est tout ce que nous avons : où donc les loger ici ? Jugez vous-même. Mikhaïlo Metvéiev leur a donné l'isba du *staroste*, et dit qu'elle est très propre.

– Et pour toi, Lise, nous trouverions parmi eux un bon fiancé, un beau hussard, ajoute l'oncle.

– Non, je ne veux pas de hussard, je veux un uhlan ; vous étiez uhlan, oncle, et ceux-là je ne veux pas les connaître ! On dit que ce sont des noceurs et des têtes brûlées ! »

Lise rougit un peu, et de nouveau éclata de son rire sonore.

« Voilà Oustuchka qui accourt ; il faut lui demander ce qu'elle a vu », dit-elle.

Anna Fédorovna fit appeler Oustuchka.

« Il n'y a personne pour faire l'ouvrage, quel besoin d'aller courir pour voir les soldats ? se plaignit Anna Fédorovna. Eh bien ! Où sont logés les officiers ?

– Chez les Eremkine, madame. Ils sont deux, de très beaux garçons. On dit que l'un est comte.

– Comment s'appellent-ils ?

– Je ne puis me rappeler, excusez-moi : Kazarov ou Tourbinov.

– La sotte, elle ne peut même rien nous raconter. Tu devrais savoir leurs noms.

– Eh bien ! Je vais y courir.

– Oh oui ! Je sais que pour cela tu n'es pas en retard. Non, il vaut mieux que Danilo y aille. Frère, dites-lui qu'il aille s'informer si messieurs les officiers n'ont besoin de rien. Il faut tout de même faire une politesse, leur dire que Madame a ordonné de s'inquiéter de leur confort. »

Les vieux s'installèrent dans la salle pour le thé. Lisa alla dans l'office mettre dans le tiroir le sucre cassé. Elle y trouva Oustuchka en train de parler des hussards.

« Mademoiselle, petite colombe, quelle beauté que ce comte, dit-elle. C'est un vrai chérubin aux cils noirs. Un pareil fiancé pour vous, voilà qui ferait un bien beau couple, c'est vrai. »

Les autres servantes eurent un sourire d'approbation ; la vieille nourrice qui tricotait un bas près de la fenêtre soupira et même chuchota une prière en respirant profondément.

« Alors ils sont vraiment de ton goût les hussards, dit Lisa. Oui, tu es bien habile à bavarder. Apporte-moi, s'il te plaît, le ratafia pour donner quelque chose d'acide à boire aux hussards.

Et Lisa, prenant le sucrier, sortit en riant de la chambre.

« Je voudrais bien voir ce hussard, pensa-t-elle. Est-il brun ou blond ? Et lui aussi, sans doute, serait très heureux de faire notre connaissance. Et voilà, il passera et ne saura pas que j'étais ici et que j'ai pensé à lui. Et combien comme lui sont passés sans me voir ! Personne ne me voit sauf l'oncle et Oustuchka. Quelque coiffure que je fasse, quelques manches que je porte, personne ne m'admire, pensa-t-elle en soupirant et en regardant ses jolies mains potelées. Il doit être de haute taille, avoir de grands yeux, probablement des petites moustaches noires. Non, j'ai déjà vingt-trois ans, et personne ne s'est épris de moi sauf Ivan Ipatitch, le grêlé. Et il y a quatre ans j'étais encore plus jolie ; et voilà que ma jeunesse passe sans donner de joie à personne. Ah ! quelle malheureuse, quelle malheureuse demoiselle suis-je dans ce village ! »

La voix de sa mère qui l'appelait pour servir le thé dissipa chez la jeune demoiselle ces réflexions momentanées. Elle secoua sa petite tête et repartit dans la salle où l'on prenait le thé.

Les meilleures choses arrivent toujours par hasard, tandis que plus on fait d'efforts, plus le résultat est mauvais. Au village, on songe rarement à l'éducation et c'est pourquoi, sans y penser, celle qu'on y donne est excellente. Ce fut particulièrement le cas pour Lisa. Anna Fédorovna, à cause de son esprit borné et de l'insouciance de son caractère, n'avait donné à sa fille aucune éducation ; elle ne lui avait appris ni la musique, ni le français si utile, mais cette enfant jolie et bien portante qu'elle avait eue de son mari, elle la confia à une nourrice et une bonne, la nourrit, l'habilla en robe de coton, en souliers de peau de mouton, l'envoya vagabonder et cueillir des champignons et des baies, lui fit enseigner la lecture et l'arithmétique par un élève du séminaire et tout d'un coup, après seize ans, elle découvrit en Lisa une amie toujours gaie, et une bonne et active ménagère. Anna Fédorovna, qui avait bon cœur, élevait toujours des pupilles, des serves ou des enfants abandonnées. Lisa, depuis l'âge de dix ans avait commencé à s'occuper d'elles. Elle les instruisait, les habillait, les menait à l'église et les arrêtait quand elles faisaient trop de tapage. Ensuite vint le vieil oncle gâteux et naïf qu'il fallut soigner comme un enfant. Puis les domestiques et les paysans qui s'adressaient à la jeune demoiselle avec diverses demandes, avec leurs maladies qu'elle soignait par du sureau, de la menthe, de l'alcool camphré. Ensuite, comme par hasard, tout le ménage passa entre ses mains. Plus tard, son besoin non satisfait d'amour trouva à s'épancher dans la nature et la religion. Ainsi, Lisa se transforma en une femme active, bonne, gaie, indépendante, chaste et profondément religieuse. Elle ressentait, il est vrai, de petites blessures d'amour-propre en voyant parfois à l'église les voisines coiffées de chapeaux à la mode venus en droite ligne de la ville de K***. Il lui arrivait d'être dépitée jusqu'aux larmes par les caprices de sa vieille mère grognon ; enfin des rêves d'amour sous des formes ineptes et parfois grossières la hantaient, mais l'activité utile devenue nécessité les dissipait, et à vingt-deux ans, l'âme limpide, tranquille, pleine de beauté physique et morale, la jeune fille développée n'était souillée d'aucune tâche, d'aucun remords de conscience. Lisa était de taille moyenne, plutôt bien en chair que maigre ; ses yeux étaient bruns, pas grands, un cercle légèrement sombre soulignait la paupière inférieure. Elle avait une longue tresse blonde. Elle marchait à grands pas, avec un léger balancement, en canard comme on dit. L'expression de son visage, quand elle était occupée et que rien de particulier ne le troublait, semblait dire à tous ceux qui la regardaient : « Il est bon et gai de vivre pour celui qui a quelqu'un à aimer et dont la conscience est pure. » Même aux instants de mauvaise humeur, de trouble ou de tristesse, à travers les larmes, malgré le sourcil gauche froncé, les petites lèvres serrées, une lumière se montrait quand même sur les fossettes des joues, le bout des lèvres et dans les yeux, habitués à sourire et à se réjouir de la vie, où s'épanouissait le cœur bon, loyal, que l'esprit n'avait pas gâté.

X

Bien que le soleil se couchât, il faisait encore chaud quand l'escadron entra à Morozovka. En avant, sur la route poudreuse du village, une vache égarée trottait, s'arrêtant de temps à autre pour se retourner avec un mugissement sans deviner qu'elle n'avait tout simplement qu'à obliquer de côté.

De vieux paysans, des femmes, des enfants, des domestiques massés des deux côtés de la route regardaient avec curiosité les hussards. Ceux-ci avançaient dans un nuage épais de poussière sur des chevaux noirs qui, de temps en temps, s'ébrouaient et piaffaient. À droite de l'escadron, dans une pose nonchalante, deux officiers avançaient sur de beaux chevaux noirs. L'un était le commandant, comte Tourbine, l'autre un tout jeune homme, un junker récemment promu officier, nommé Polozov.

Un hussard en bourgeron blanc d'été sortit de la meilleure isba du village. Ôtant sa casquette, il s'approcha des officiers.

« Où est le logement qui nous est réservé ? lui demanda le comte.

– Pour Votre Excellence, répondit le fourrier en tremblant de tout son corps, ici chez le *staroste*, il a nettoyé son isba. J'ai exigé le logement dans la maison des maîtres, on a répondu qu'il n'y en avait pas ; la propriétaire est une telle mégère !

– C'est bon, dit le comte en descendant près de l'isba du staroste et s'étirant les jambes. Ma voiture est-elle arrivée ?

– Elle est arrivée, Votre Excellence ! » répondit le fourrier en désignant avec sa casquette la capote de cuir de la voiture qu'on apercevait dans la porte cochère, et il se précipita dans le couloir de l'isba plein de la famille du paysan venue voir l'officier. Il renversa même une vieille femme en ouvrant brusquement la porte de l'isba évacuée, et en s'effaçant devant le comte.

L'isba était assez grande et large mais pas très propre. Le valet de pied allemand, vêtu comme un monsieur, se trouvait à l'intérieur. Il avait déplié le lit de fer, fait le lit et tirait le linge de la valise.

« Peuh ! Quel sale logement ! dit le comte avec dépit. Diadenko ! est-ce qu'on ne pouvait trouver mieux quelque part, chez le seigneur ?

– Si Votre Excellence l'ordonne, j'irai voir, répondit Diadenko, mais la maison n'est pas très fameuse et n'a guère meilleure apparence que l'isba.

– Non, maintenant c'est déjà inutile, va. »

Et le comte s'étendit sur le lit en mettant les mains sous sa tête.

« Johan ! cria-t-il à son valet de pied, tu as encore fait une bosse au milieu ; comment, tu ne sais même pas faire un lit ? »

Johan voulut l'arranger.

« Non, maintenant c'est inutile… Où est ma robe de chambre ? » continua-t-il d'une voix mécontente.

Le valet lui tendit la robe de chambre.

Le comte l'examina avant de la prendre.

« C'est ça ! Tu n'as pas enlevé les taches. En un mot peut-il y avoir un serviteur pire que toi ? ajouta-t-il en lui arrachant des mains la robe de chambre et la passant. Dis-moi, le fais-tu exprès ? Le thé est-il prêt ?

– Je n'ai pas encore eu le temps, répondit Johan.

– Imbécile ! »

Après cela, le comte prit un roman français qui lui avait été préparé, et lut assez longtemps en silence. Johan sortit dans le vestibule pour chauffer le samovar. Le comte était évidemment de mauvaise humeur, probablement à cause de la fatigue, de la poussière qui couvrait son visage, de son habit trop étroit et de son estomac affamé.

« Johan ! cria-t-il de nouveau. Donne-moi le compte des dix roubles. Qu'as-tu acheté en ville ? »

Le comte examina la note que lui remit le valet, et ne cessa de faire des observations sur la cherté des achats.

« Donne-moi du rhum pour le thé.

– Je n'ai pas acheté de rhum, répliqua Johan.

– Admirable ! Combien de fois t'ai-je dit qu'il doit y avoir du rhum !

– Je n'avais pas d'argent.

– Pourquoi Polozov n'en a-t-il pas acheté ? Tu pouvais emprunter à son valet.

– Le cornette Polozov ? Je ne sais pas. Il a acheté le thé et le sucre.

– Animal !… Va-t'en !… Toi seul peux me mettre hors de moi. Tu sais qu'en campagne je prends toujours le thé avec du rhum.

– Voici pour vous deux lettres de l'état-major », dit le valet.

Le comte décacheta les lettres et se mit à les lire. Le cornette qui venait de régler les logements de l'escadron entra avec un visage gai.

« Eh bien, Tourbine ! Il me semble qu'on est très bien ici. Ma foi, je suis fatigué. Je l'avoue, on a eu chaud !

– Très bien en effet ! Une isba sale, puante, et grâce à toi il n'y a pas de rhum. Ton imbécile n'en a pas acheté et celui-ci non plus. Tu aurais dû le lui dire, au moins. »

Et il reprit sa lecture. Ayant lu la lettre jusqu'au bout, il la froissa et la jeta à terre.

« Pourquoi donc n'as-tu pas acheté de rhum ? Tu avais de l'argent ? chuchotait à ce moment le cornette qui avait rencontré son brosseur dans le vestibule.

– Mais pourquoi est-ce nous, toujours nous, qui achetons ? C'est moi seul qui fais toutes les dépenses et son Allemand ne fait que fumer la pipe, et c'est tout. »

La deuxième lettre évidemment n'était pas désagréable, car le comte la lisait en souriant.

« De qui ? demanda Polozov revenu dans la chambre où il se préparait un lit sur les planches près du poêle.

– De Mina, répondit joyeusement le comte en lui tendant la lettre. Veux-tu lire ? Quelle délicieuse femme ! Beaucoup mieux vraiment que nos demoiselles… Regarde combien il y a dans cette lettre de sentiment et d'esprit !… Une seule chose est fâcheuse, elle demande de l'argent.

– Oui, c'est fâcheux, opina le cornette.

– Il est vrai que je lui en ai promis ; mais ici, cette expédition… Cependant si je commande l'escadron encore trois mois, je lui en enverrai… Vraiment on ne peut le regretter. Quel charme, hein ? dit-il en souriant et en suivant des yeux l'expression du visage de Polozov qui lisait la lettre.

– Une multitude de fautes d'orthographe, mais c'est charmant. On dirait qu'elle t'aime vraiment.

– Sans aucun doute ! Il n'y a que ces femmes-là qui sachent aimer vraiment, une fois qu'elles aiment.

– Et l'autre lettre de qui ? demanda le cornette en rendant celle qu'il venait de lire.

– Ah là… c'est un certain monsieur, une canaille, à qui je dois de l'argent perdu aux cartes, et voilà déjà trois fois qu'il me le rappelle ; et je ne puis m'acquitter maintenant… une lettre idiote ! » répondit le comte visiblement irrité à ce souvenir.

Pendant un temps assez long, les deux officiers se turent.

Le cornette, visiblement influencé par le comte, buvait son thé en silence, regardait de temps en temps le beau visage attristé de Tourbine qui regardait fixement par la fenêtre, et il n'osait entamer la conversation.

« Bah ! Oui, tout peut s'arranger à merveille, dit soudain le comte en se tournant vers Polozov et en secouant gaiement la tête ; si cette année il y a des promotions selon le tableau, et si nous sommes encore engagés dans une affaire, je pourrais alors devancer le capitaine de la garde. »

Durant le second verre de thé, la conversation continua sur le même sujet. Entra alors le vieux Danilo qui transmit l'ordre d'Anna Fédorovna.

« Et Madame a aussi ordonné de vous demander si vous n'étiez pas le fils du comte Fédor Ivanovitch Tourbine, ajouta de son propre chef Danilo, ayant appris le nom de l'officier et se souvenant encore du séjour du feu comte à la ville de K***. Notre dame, Anna Fédorovna, le connaissait très bien.

– C'était mon père ; et dis à Madame que je lui suis très reconnaissant, qu'il ne faut rien, seulement qu'on t'a ordonné de demander si l'on ne pourrait trouver quelque part une chambre plus propre, chez elle ou ailleurs.

– Oh ! Pourquoi cela ? dit Polozov quand Danilo fut parti. N'est-ce pas indifférent ? Une nuit ici, qu'importe pour nous, et eux se gêneront.

– Comment donc !… Il me semble que nous avons assez couché sous les toits à poule ! On voit tout de suite que tu n'es pas pratique. Pourquoi ne pas en profiter si pour une nuit au moins on peut loger comme des hommes ? Et, au contraire, ces gens seront enchantés. Une seule chose m'est désagréable, poursuivit le comte en montrant dans un sourire ses dents blanches, brillantes : si cette dame a connu en effet mon père. On a toujours honte pour *le feu papa,* il y a toujours derrière lui une bataille, un scandale ou une dette quelconque. C'est pourquoi je déteste rencontrer des connaissances de mon père. Cependant il était de son siècle, ajouta-t-il sérieusement.

– Au fait, je ne t'ai pas raconté, dit Polozov, j'ai rencontré par hasard le commandant de la brigade des uhlans, Iline. Il désirait beaucoup te voir, il aimait infiniment ton père.

– Ce doit être un terrible vaurien que cet Iline ; en général, tous ces messieurs qui affirment pour me flatter qu'ils ont connu mon père, racontent de lui, comme des traits charmants, de telles histoires qu'on a honte à les écouter. Il est vrai que je ne m'emballe pas. J'envisage les choses sans parti pris. C'était un homme trop passionné et qui se livrait parfois à des exploits dont il n'y a pas lieu d'être fier. Cependant c'était surtout la faute de son temps. À notre époque, il eût pu devenir un homme très remarquable parce qu'il avait de grandes capacités, il faut lui rendre cette justice.

Un quart d'heure après, le domestique revenait et transmettait l'invitation de la propriétaire de venir coucher chez elle.

XI

Anna Fédorovna, ayant appris que l'officier des hussards était le fils du comte Fédor Tourbine, commença à s'agiter dans la maison.

« Ah ! mes aïeux ! Ah ! mon chéri ! Danilo, cours vite lui dire que Madame l'invite chez elle ! fit-elle tout excitée, et à pas rapides elle se dirigea vers la chambre des bonnes. Lisanka, Oustuchka ! Il faut préparer ta chambre, Lisa. Tu t'installeras chez l'oncle ; et vous, petit frère... vous passerez la nuit dans le salon, pour une nuit ce n'est rien.

– Bien, bien, sœur, je dormirai sur le parquet.

– C'est un beau garçon, j'en suis sûre, s'il ressemble à son père. Au moins je le verrai, ce chéri... Fais donc attention, Lisa ! Comme le père était beau... Où portes-tu la table ? Laisse ici, disait en s'agitant Anna Fédorovna. Apporte deux lits, prends-en un chez l'intendant, et puis va chercher sur l'étagère le bougeoir de cristal dont mon frère m'a fait cadeau pour ma fête, et mets-y une chandelle. »

Enfin tout fut prêt. Lisa, malgré l'intervention de sa mère, arrangea à sa fantaisie la chambrette pour les deux officiers. Elle avait sorti du linge blanc parfumé au réséda qui embaumait les lits, donné l'ordre de mettre une carafe d'eau et des chandelles sur la petite table, de brûler du papier odorant dans la chambre des bonnes, et elle-même installa son petit lit dans la chambre de son oncle.

Anna Fédorovna se calma un peu, se rassit à sa place, prit même les cartes, mais sans les disposer, s'appuya sur son coude potelé et devint pensive : « Le temps, le temps, comme il vole ! murmurait-elle. Cela semble d'hier ! Je le vois comme s'il était là. Ah ! quel polisson c'était ! » Et des larmes parurent dans ses yeux. « Maintenant Lisanka... mais elle n'est pas ce que j'étais à son âge... Une jolie fille, mais non, ce n'est pas la même chose... »

« Lisanka, tu devrais porter ce soir ta robe de mousseline de laine.

– Les inviterez-vous, maman ? Il vaudrait mieux ne pas le faire, répondit Lisa, très émue à la pensée de voir les officiers. Il ne vaudrait mieux pas, maman. »

En effet, elle ne désirait pas tant les voir qu'elle n'avait peur du bonheur qui, lui semblait-il, l'attendait et dont à l'avance elle était émue.

« Eux-mêmes voudront peut-être faire ta connaissance, Lisa », dit Anna Fédorovna en lui caressant les cheveux et songeant en même temps : « Non, ce ne sont pas les cheveux que j'avais à son âge. Ah, Lisotchka, comme je désirerais pour toi… » Et en effet elle désirait vivement quelque chose pour sa fille, mais elle ne pouvait supposer probable un mariage avec le comte, et elle ne pouvait lui souhaiter les relations qu'elle avait eues avec le père, cependant elle formait beaucoup de vœux quelque chose d'agréable pour sa fille. Peut-être voulait-elle revivre dans l'âme de Lisa les heures qu'elle-même avait connues avec le défunt.

Le vieux cavalier, lui aussi, était un peu ému de l'arrivée du comte. Il alla dans sa chambre et s'y enferma. Un quart d'heure après, il en sortit vêtu d'une hongroise et d'un pantalon bleu ; avec l'expression confuse et satisfaite d'une jeune fille qui met pour la première fois une robe de bal, il passa dans la pièce réservée aux invités.

« Je viens voir les hussards d'aujourd'hui, ma sœur ! Feu le comte était, lui, un vrai hussard. Je verrai, je verrai. »

Les officiers, venus par le perron de derrière, étaient déjà dans la chambre qui leur était destinée.

« Eh bien ! Tu vois, dit le comte en se mettant sur le lit préparé, tel qu'il était, dans ses bottes poussiéreuses. N'est-on pas mieux ici que dans l'isba avec les cafards ?

– Pour être mieux… c'est mieux, mais on a maintenant des obligations envers les maîtres…

– Quelle blague ! En tout il faut être pratique. Ils sont certainement enchantés… Garçon ! cria-t-il, demande quelque chose pour voiler cette fenêtre, autrement dans la nuit ça soufflera. »

À ce moment le vieillard entra pour faire connaissance avec les officiers. Tout rougissant, bien entendu, il ne manqua pas de raconter qu'il avait été le camarade du défunt comte, qu'il jouissait de sa sympathie ; il ajouta même qu'à plusieurs reprises il en avait reçu des bienfaits. Considérait-il comme un bienfait l'emprunt de cent roubles que lui avait fait le comte, ou le fait que celui-ci l'ait jeté sur un tas de neige et injurié ? Le vieillard ne l'expliqua point.

Le jeune Tourbine, très poli envers le vieux cavalier, le remercia pour son hospitalité.

« Pardonnez-nous, ce n'est pas très luxueux, comte », s'excusa celui-ci. Il faillit dire Votre Excellence tellement il était déshabitué de parler à des gens importants. « La maison de ma sœur est très petite. Et cela nous le fermerons tout de suite avec quelque chose et ce sera bien », ajouta le vieillard. Et, sous prétexte de chercher un rideau, mais en réalité pour aller au plus vite parler aux officiers, il sortit de la chambre en saluant.

La jolie Oustuchka apporta un châle de sa maîtresse pour fermer la fenêtre. En outre, elle avait l'ordre de demander si ces messieurs ne désiraient pas de thé.

Le bon gîte avait évidemment une excellente influence sur l'humeur du comte. Il souriait joyeusement et même plaisanta si bien avec Oustuchka qu'elle l'appela polisson. Il lui demanda si sa demoiselle était jolie et, à son offre de thé, il répondit qu'il acceptait volontiers, qu'on pouvait l'apporter ; mais comme leur souper n'était pas encore prêt, ne serait-il pas possible d'avoir dès maintenant de l'eau-de-vie, quelques hors-d'œuvre et du xérès, s'il y en avait ?

L'oncle était ravi de la politesse du jeune comte et portait aux nues la jeune génération des officiers, déclarant les hommes d'aujourd'hui beaucoup mieux que ceux d'autrefois. Anna Fédorovna n'y consentait pas, personne pour elle ne valait mieux que le comte Fédor Ivanovitch, il n'y avait pas… enfin elle se fâcha pour tout de bon et objecta sèchement : « Pour vous, petit frère, le dernier qui vous flatte est le meilleur. Aujourd'hui, c'est sûr, les hommes sont plus intelligents, mais, malgré tout, le comte Fédor Ivanovitch dansait si bien l'écossaise et était si aimable qu'on peut dire qu'à cette époque toutes étaient toquées de lui, seulement il ne s'occupait de personne, sauf de moi. Alors, vous voyez, autrefois il y avait aussi de bonnes gens. »

À ce moment on lui communiqua la demande d'eau-de-vie, d'aliments, de xérès.

« Eh bien ! Vous voyez, petit frère ! Vous ne faites jamais ce qu'il faut. Il fallait préparer le souper, s'écria Anna Fédorovna. Lisa, chérie, donne des ordres. »

Lisa courut à la desserte pour chercher des champignons et du beurre frais ; on commanda au cuisinier des côtelettes hachées.

« Mais pour le xérès, comment ferons-nous ? Vous en est-il resté, petit frère ?

– Non, sœur. Je n'en ai même jamais eu.

– Comment, vous n'en avez pas ! Que buvez-vous donc avec le thé ?

– Du rhum, Anna Fédorovna.

– N'est-ce pas la même chose ? Donnez le rhum, c'est pareil. Ne vaudrait-il pas mieux les inviter ici, petit frère ? Vous connaissez toutes les convenances. Je crois qu'ils n'en seront pas offensés. »

Le cavalier déclara qu'il se portait garant que, par bonté, le comte ne refuserait pas et qu'il se faisait fort de les ramener.

Anna Fédorovna, Dieu sait pourquoi, alla prendre sa robe de gros-gros et un bonnet neuf, et Lisa était si occupée qu'elle n'eut pas le temps d'ôter la robe de coton rose à larges manches qu'elle portait. En outre, elle était affreusement émue : il lui semblait qu'un événement sensationnel l'attendait et qu'un nuage bas, sombre, était suspendu au-dessus de son âme. Ce hussard, ce comte, beau garçon, semblait un être tout nouveau, incompréhensible, mais charmant. Son caractère, ses habitudes, ses paroles, tout cela devait être extraordinaire et tel qu'elle n'avait jamais rencontré rien de pareil. Tout ce qu'il disait devait être spirituel et juste, tout ce qu'il faisait, honnête, toute sa personne, belle. Elle n'en doutait pas. S'il avait demandé non seulement à manger et du xérès, mais un bain parfumé, elle n'eût pas été étonnée, ne l'eût pas blâmé et eût été fermement convaincue que c'était nécessaire, qu'il le fallait ainsi.

Dès que le cavalier eut exprimé au comte le désir de sa sœur, ce dernier accepta, lissa ses cheveux, mit son manteau et prit un porte-cigares.

« Allons, dit-il à Polozov.

– Non, il vaut mieux n'y pas aller, répondit le cornette : *ils feront des frais pour nous recevoir.*

– Sottises ! Ça leur fait plaisir. Je me suis déjà renseigné, il y a une fille très jolie… *Allons,* dit le comte en français.

– *Je vous en prie, messieurs !* » dit le cavalier pour leur faire savoir qu'il comprenait le français et avait saisi leur conversation.

XII

Quand les officiers entrèrent, Lisa rougit et, ayant peur de les regarder, elle baissa la tête et feignit d'être occupée à remplir la théière.

Anna Fédorovna, au contraire, se leva précipitamment, salua et, sans détacher ses yeux du visage du comte, se mit à lui parler, tantôt trouvant une ressemblance extraordinaire avec son père, tantôt présentant sa fille, tantôt offrant du thé, des confitures ou de la pâte de fruit. Au cornette, à cause de son air modeste, personne ne fit attention ; il en fut heureux, car, autant que le lui permettaient les convenances, il observait attentivement la beauté de Lisa, qui, on le voyait, le surprenait vivement. L'oncle écoutait la conversation de sa sœur avec le comte ; les mots tout prêts sur les lèvres, il attendait l'occasion de raconter ses souvenirs de cavalier. Le comte, pendant le thé, fuma un cigare si fort que Lisa retint sa toux avec peine ; il se montra très bavard, et très aimable. Au début, il intercala ses récits entre les papotages incessants d'Anna Fédorovna ; à la fin il accapara à lui seul la conversation. Une seule chose parut quelque peu bizarre à ses auditeurs : dans ses récits il usait de mots qui n'étaient pas regardés comme inconvenants dans son monde, mais qui, ici, semblaient un peu hardis. Anna Fédorovna en fut un peu offusquée. Lisa rougissait jusqu'aux oreilles. Mais le comte ne le remarqua pas, et ne perdit rien de son aisance ni de son aimable simplicité. Lisa emplissait les verres de thé sans les remettre directement aux hôtes, mais les plaçait très près d'eux, et, pas encore tout à fait remise de son émotion, écoutait avidement les discours du comte. Ces récits assez quelconques, les pauses dans la conversation peu à peu la rassurèrent. Elle n'entendait pas de sa bouche les choses très intelligentes qu'elle s'était imaginées ; elle ne voyait pas cette élégance en tout qu'elle s'attendait vaguement à trouver en lui ; et même, au troisième verre de thé, quand ses yeux timides rencontrèrent la première fois les siens et que, sans les baisser il continua trop tranquillement à la regarder, avec un sourire imperceptible, elle ressentit un peu d'hostilité envers lui, et bientôt trouva que non seulement il n'avait rien d'extraordinaire, mais qu'il ne se distinguait en rien de tous ceux qu'elle avait vus, et qu'il ne valait pas la peine qu'elle en eût si peur ; il avait certes des ongles propres et longs, mais il n'était pas lui-même particulièrement beau. Et tout à coup, Lisa disant adieu à son rêve, encore qu'avec un peu de chagrin, se tranquillisa, seulement troublée par le regard silencieux du cornette, qu'elle sentait fixé sur elle. « Peut-être ce n'est pas celui-ci mais celui-là ! » pensa-t-elle.

XIII

Après le thé, la vieille dame invita ses hôtes à passer dans l'autre pièce, et y reprit sa place.

« Mais ne voulez-vous pas aller vous reposer, comte ? demanda-t-elle. Alors comment vous distraire, mes chers hôtes ? continua-t-elle après une réponse négative. Jouez-vous aux cartes, comte ? Voilà, avec mon frère, vous pourriez faire une partie…

– Mais vous-même, vous jouez sans doute la préférence, répondit le cavalier. Alors jouons plutôt tous ensemble. Vous jouerez, comte ? Et vous aussi ? »

Les officiers se déclarèrent prêts à faire tout ce qui plaisait aux aimables maîtres du logis.

Lisa apporta de sa chambre de vieilles cartes dont elle se servait pour se dire la bonne aventure ; savoir par exemple si la fluxion d'Anna Fédorovna passerait bientôt, si l'oncle reviendrait de la ville aujourd'hui, quand il partait ; si leur voisine leur rendait visite aujourd'hui, etc. Bien que ces cartes eussent deux mois d'usage, elles étaient plus propres que celles dont se servait Anna Fédorovna.

« Seulement vous ne jouez peut-être pas de petites sommes ? demanda l'oncle. Avec Anna Fédorovna nous jouons un demi-kopeck… Avec cela, elle nous gagne toujours.

– Ah ! comme il vous plaira, ce que vous voudrez j'en serais très heureux, répondit le comte.

– Eh bien ! allons, jouons à un kopeck papier-monnaie ! Que nos chers hôtes gagnent, chez moi, qui ne suis qu'une vieille dame », dit Anna Fédorovna en s'installant commodément dans son fauteuil et en rajustant sa mantille.

« Peut-être leur gagnerai-je quand même un rouble », pensait Anna Fédorovna, car sur ses vieux jours elle avait vu s'éveiller en elle une petite passion pour les cartes.

« Voulez-vous que je vous apprenne à jouer aux tableaux, avec la misère ? C'est très amusant », dit le comte.

Le nouveau jeu de Pétersbourg plut beaucoup à tous. L'oncle affirma même qu'il le connaissait, que c'était la même chose que le boston, mais qu'il l'avait un peu oublié. Anna Fédorovna ne comprit rien et pendant si longtemps ne put saisir le jeu qu'elle se vit forcée, en souriant et en secouant gentiment la tête, d'affirmer que maintenant elle comprenait et que tout lui paraissait clair. Il y eut un bel éclat de rire au milieu du jeu quand Anna Fédorovna avec un as et un roi seul déclara misère et resta avec six. Elle commença même à se troubler, sourit timidement, et s'empressa d'affirmer qu'elle n'était pas encore tout à fait habituée au nouveau jeu. En attendant, on inscrivait ses points perdus, et il y en avait beaucoup, d'autant plus que le comte avait l'habitude de jouer serré, de calculer juste et ne comprenait absolument rien ni aux coups de pied sous la table que lui infligeait le cornette, ni aux grosses fautes que celui-ci faisait en jouant.

Lisa apporta encore des pâtes de fruit, trois sortes de confitures, des pommes conservées d'une façon particulière. Debout derrière sa mère, elle regardait le jeu et, de temps en temps, les officiers, surtout les mains blanches du comte, aux ongles roses, fins, taillés, qui jetaient les cartes et levaient les plis avec tant d'assurance et d'élégance.

De nouveau Anna Fédorovna, s'emportant, misait avant les autres : elle annonça un jeu à sept levées dont trois lui manquèrent. Et son frère exigeant qu'elle assignât un chiffre, elle le fit très mal, se troubla et perdit tout à fait la tête.

« Ce n'est rien, maman, vous gagnerez encore ! dit Lisa en souriant et pour tirer sa mère d'une situation ridicule. Faites perdre une seule fois l'oncle, et alors on verra qui rira !

– Aide-moi, au moins, Lisa, dit Anna Fédorovna en regardant, effarée, sa fille. Je ne sais pas comment…

– Je ne connais pas moi non plus ce jeu, objecta Lisa en calculant mentalement les mises de sa mère. Mais c'est que vous perdez beaucoup, maman ! Il ne restera rien pour la robe de Pimochka, ajouta-t-elle en plaisantant.

– Oui, il est facile de perdre ainsi dix roubles argent, dit le cornette en regardant Lisa, et heureux de lier conversation avec elle.

– Mais ne jouons-nous pas en papier-monnaie ? demanda Anna Fédorovna en regardant tout le monde à la ronde.

– Je ne sais pourquoi, mais je ne puis compter en papier-monnaie, dit le comte. Enfin de quoi s'agit-il ? C'est-à-dire : qu'est-ce que le papier-monnaie ?

– Mais maintenant personne ne compte plus ainsi », remarqua l'oncle, qui jouait avec son briquet et était en gain.

La vieille dame donna l'ordre d'apporter le vin mousseux, en but elle-même deux coupes, devint rouge et sembla s'en remettre aux mains de la Providence. Bien qu'une mèche de cheveux gris fût sortie de son bonnet, elle ne l'arrangea pas. Elle s'imaginait sans doute avoir perdu des millions et être tout à fait au bout de sa fortune.

Le cornette poussait du pied le comte de plus en plus souvent. Le comte inscrivait les remises de la vieille dame. Enfin la partie s'acheva.

Malgré tous les soins d'Anna Fédorovna, qui, en trichant, tâchait d'augmenter ses points et feignait de se tromper en comptant, quelle ne fut pas son horreur quand, à la fin, il se trouva qu'elle avait perdu neuf cent vingt points. « En papier c'est neuf roubles ? » demanda plusieurs fois Anna Fédorovna ; et elle ne comprit toute l'énormité de sa perte que lorsque son frère lui eut expliqué, à sa stupéfaction, qu'elle avait perdu trente-deux roubles cinquante en papier-monnaie et qu'il lui fallait les payer absolument.

Tourbine ne compta pas même son gain et, dès la fin de la partie se leva, s'approcha de la fenêtre près de laquelle Lisa installait le souper et posait des champignons sur une assiette. Il fit tout tranquillement et sans aucune gêne ce que, toute la soirée, le cornette avait tant désiré sans pouvoir le faire : il engagea la conversation avec la jeune fille sur la pluie et le beau temps.

Le cornette se trouvait pendant ce temps dans une situation très désagréable.

Quand le comte se fut éloigné, et surtout Lisa qui l'avait maintenue dans une bonne disposition d'esprit, Anna Fédorovna se fâcha carrément :

« Comme c'est fâcheux que nous vous ayons tant gagné, s'excusa Polozov pour dire quelque chose. C'est vraiment très mal.

– Oui, et en plus vous avez inventé ces tableaux, ces misères ! Je n'y comprends rien du tout. Combien donc ai-je perdu en tout ? demanda-t-elle.

– Trente-deux roubles cinquante kopecks, répéta le cavalier qui, grâce au gain, était d'excellente humeur. Allons, allons, payez, payez, petite sœur.

– Je paierai, mais vous ne m'y reprendrez plus. Oh non, jamais de toute ma vie, je n'arriverai à regagner tout cela. »

Et Anna Fédorovna partit dans sa chambre d'un pas rapide. Elle revint bientôt et rapporta neuf roubles. Ce ne fut que sur l'insistance du vieux cavalier son frère qu'elle paya tout.

Polozov craignait un peu qu'Anna Fédorovna ne l'injuriât s'il lui adressait la parole. Discrètement, sans mot dire, il s'éloigna et se joignit au comte et à Lisa, qui causaient devant la fenêtre ouverte.

Dans la pièce, sur la table dressée pour le souper, brûlaient deux chandelles. Leur lumière vacillait de temps en temps sous le souffle léger et tiède de la nuit de mai. Par la fenêtre ouverte, on voyait que dans le jardin, il faisait aussi clair, mais tout autrement que dans la chambre. La lune dans son plein, perdant déjà sa teinte dorée, montait au-dessus des hauts tilleuls, et éclairait de plus en plus les légers nuages blancs qui la cachaient parfois. Sur l'étang dont on apercevait à travers l'allée une partie argentée par la lumière, les grenouilles coassaient ; de petits oiseaux sautillaient et voletaient sous la fenêtre même, dans le buisson odorant de lilas qui, de temps en temps, balançait lentement ses fleurs embuées.

« Quel temps merveilleux ! dit le comte en s'approchant de Lisa, et s'asseyant sur l'appui de la fenêtre. Vous devez vous promener beaucoup ?

– Oui, répondit Lisa, qui ne ressentait plus aucune émotion à parler avec le comte. Le matin à sept heures je m'occupe du ménage, puis je me promène un peu avec Pimochka, la pupille de maman.

– C'est agréable de vivre à la campagne, dit le comte en ajustant son monocle et regardant tantôt le jardin, tantôt Lisa. Et le soir, au clair de lune, vous ne vous promenez pas ?

– Non, mais il y a deux ans, avec l'oncle, nous nous promenions à chaque clair de lune. Il souffrait alors d'une maladie étrange, il ne trouvait pas le sommeil, aussitôt la pleine lune, il ne pouvait pas dormir, et sa chambre, la voici, ouvre directement sur le jardin ; la fenêtre est basse, la lune tombait en plein chez lui.

– Tiens, c'est curieux, remarqua le comte, je croyais que c'était votre chambre ?

– Non, j'y coucherai seulement pour aujourd'hui. C'est vous qui occupez ma chambre.

– Est-ce possible ! Ah ! mon Dieu, je ne me pardonnerai jamais ce dérangement, dit le comte, qui pour marquer sa sincérité laissa tomber son monocle. Si j'avais su que je vous dérangeais…

– Quel dérangement ? Au contraire, je suis très heureuse ; la chambre de l'oncle est si agréable, si gaie, la fenêtre est basse, j'y resterai assise jusqu'à ce que j'aie sommeil, ou bien je me glisserai dans le jardin et m'y promènerai un peu. »

« Quelle gentille fille ! » pensa le comte en rajustant son monocle. Tout en la regardant, il feignait de s'installer sous la fenêtre, tâchant de frôler de son pied celui de la jeune fille. « Avec quelle ruse elle m'a laissé entendre que je pouvais la voir dans le jardin près de la fenêtre, si je voulais. » Lisa perdit même alors à ses yeux la plus grande partie de son charme, si facile lui semblait sa conquête.

« Quel plaisir ce doit être de passer une telle nuit dans le jardin avec l'être qu'on aime », dit-il en regardant, pensif, les allées sombres.

Lisa se troubla un peu en entendant ces paroles et en sentant son pied effleuré de nouveau comme par hasard. Sans réfléchir elle prononça quelques mots, simplement pour masquer sa confusion : « Oui, c'est très beau de se promener pendant une nuit de lune. » Elle se sentit gênée. Elle ficela le pot d'où elle avait sorti les champignons, et déjà s'éloignait de la fenêtre quand le cornette s'approcha d'eux ; elle voulut savoir quel homme c'était.

« Quelle belle nuit ! » dit-il.

« Mais ils ne parlent que du temps ! » pensa Lisa.

« Quelle vue admirable ! continua le cornette. Seulement je crois que vous devez en être fatiguée, ajouta-t-il, fidèle à son étrange habitude de dire des choses vaguement désagréables aux gens qui lui plaisaient beaucoup.

– Pourquoi pensez-vous cela ? protesta Lisa. Le même plat, la même robe peuvent ennuyer, mais un beau jardin n'ennuie jamais quand on aime à se promener, surtout quand la lune monte très haut. De la chambre de l'oncle on voit tout l'étang. Et, aujourd'hui, j'aurai ce spectacle sous les yeux.

– On dirait qu'il n'y a pas de rossignols chez vous ? dit le comte très mécontent de la présence de Polozov qui l'empêchait de connaître plus positivement les conditions du rendez-vous.

– Non, mais il y en avait, seulement l'année dernière les chasseurs en ont attrapé un, et voici quelques jours, cette semaine, un autre a commencé à chanter très bien, mais l'agent de police est venu avec sa clochette et l'a effrayé. Il y a deux ans, il nous arrivait avec l'oncle de passer dans l'allée couverte et de les écouter pendant deux heures.

– Que vous raconte donc cette petite bavarde ? dit l'oncle en s'approchant des interlocuteurs. Ne voulez-vous pas vous restaurer ? »

Après le souper pendant lequel le comte, par sa louange des mets et l'ampleur de son appétit, réussit à dissiper la mauvaise humeur de la maîtresse du logis, les officiers prirent congé et se retirèrent dans leur chambre. Le comte serra la main de l'oncle, à l'étonnement d'Anna Fédorovna il serra aussi la sienne sans la baiser, il pressa même la main de Lisa en la regardant droit dans les yeux et en esquissant un agréable sourire. Ce regard gêna de nouveau la jeune fille. « Il est très beau, pensa-t-elle, mais il est beaucoup trop préoccupé de sa propre personne. »

XIV

« Eh bien ! Comment n'as-tu pas honte ? dit Polozov quand les officiers furent rentrés dans leur chambre. Je faisais exprès de perdre, je te poussais du pied sous la table ; comment n'as-tu pas eu honte ? La vieille est tout à fait fâchée. »

Le comte éclata de rire.

« Une drôle de femme ! Voyez-moi cette fureur ! »

Et il se remit à rire si gaiement que même Johan, debout devant lui, ne put s'empêcher de soupirer à la dérobée.

« En voilà, un fils de l'ami de la famille ! Ah ! Ah ! Ah ! continua à s'esclaffer Tourbine.

– Non, vraiment, ce n'est pas bien. Elle me faisait même de la peine, dit le cornette.

– Quelle blague ! Comme tu es jeune ! Tu voulais donc que je perde ! Pourquoi ? Je te le demande ! Je perdais aussi quand je ne savais pas jouer. Dix roubles sont toujours bons à prendre. Il faut être pratique dans la vie, autrement on sera toujours un imbécile. »

Polozov se tut ; du reste, il voulait penser à Lisa qui lui paraissait une créature extraordinairement pure et belle. Il se déshabilla et se coucha dans le lit moelleux, propre, qui lui était préparé.

« Les honneurs, la gloire militaire, quelle bêtise ! pensa-t-il en regardant la fenêtre couverte d'un châle à travers quoi glissaient les rayons pâles de la lune. Vivre dans un coin paisible, avec une femme charmante, intelligente, simple, voilà le bonheur ! Voilà le bonheur vrai, solide ! »

Mais il ne communiqua rien de ses pensées à son ami et ne prononça pas même le nom de la jeune fille de la maison, malgré sa conviction que le comte y pensait lui aussi.

« Pourquoi ne te déshabilles-tu pas ? demanda-t-il au comte qui arpentait la chambre de long en large.

– Je n'ai pas encore envie de dormir. Éteins la chandelle si tu veux. Je me coucherai comme ça. »

Et il continua à faire les cent pas.

« Il ne veut pas encore dormir », répéta Polozov, se sentant, après la soirée d'aujourd'hui, encore plus mécontent de l'influence que le comte avait sur lui, et tout prêt à se révolter : « J'imagine, se disait-il, pensant à Tourbine, j'imagine quelles idées errent maintenant dans ta tête pommadée. J'ai bien vu qu'elle te plaisait. Mais tu n'es pas capable de comprendre cette créature simple et honnête. C'est une Mina qu'il te faut et des épaulettes de colonel. Tiens, je vais lui demander comment il la trouve. »

Et Polozov se tourna vers Tourbine, mais il se ravisa. Il sentait que non seulement il ne pourrait discuter avec lui si son opinion sur Lisa était celle qu'il supposait, mais qu'il lui serait même impossible de ne pas être de son avis, tellement il était habitué à subir son influence qui devenait chaque jour plus dure et plus injuste pour lui.

« Où vas-tu ? demanda-t-il, quand le comte, mettant son chapeau, s'approcha de la porte.

– À l'écurie, m'assurer que tout est en ordre. »

« C'est étrange », pensa le cornette ; mais il éteignit la chandelle et, tâchant de dissiper les idées insensées, jalouses et hostiles qui s'éveillaient en lui contre son ami, il se tourna de l'autre côté.

Cependant, Anna Fédorovna, comme à l'ordinaire, après avoir fait le signe de la croix sur son frère, sa fille et sa pupille, et les avoir embrassés tendrement, s'était aussi retirée dans sa chambre.

Depuis déjà longtemps, la vieille dame n'avait pas éprouvé dans une même journée tant d'impressions si fortes, de sorte qu'elle ne put même pas faire sa prière tranquillement. Le souvenir triste et vivace du défunt comte ne sortait pas de sa tête, ainsi que l'image du jeune élégant qui, si honteusement, avait gagné contre elle. Cependant, après s'être déshabillée et avoir bu comme d'habitude un demi-verre de kvass préparé sur la table de nuit, elle se coucha. Son chat favori se glissa doucement dans la chambre. Anna

Fédorovna l'appela et se mit à le caresser en l'écoutant ronronner. Mais elle n'arrivait pas à s'endormir.

« C'est le chat qui me dérange », pensa-t-elle. Elle le chassa. Le chat tomba mollement sur le parquet, tourna lentement sa queue épaisse et puis sauta sur un banc près du poêle. À ce moment, la servante, qui dormait par terre dans la chambre, apporta son petit matelas pour se coucher, éteignit la chandelle et alluma la veilleuse. Puis elle s'endormit et se mit à ronfler tandis qu'Anna Fédorovna ne trouvait toujours pas le sommeil qui aurait pu calmer son imagination excitée. Dès qu'elle fermait les yeux, elle voyait le visage du hussard, et quand elle les rouvrait, elle croyait encore le voir, à la faible lueur de la veilleuse, sous divers aspects étranges, en regardant la commode, la petite table et la robe blanche suspendue. Il lui semblait tantôt que son lit de plume était brûlant, tantôt que la pendule de la petite table faisait un bruit insupportable, tantôt que la servante ronflait d'une façon agaçante. Elle la réveilla et lui intima de ne plus ronfler. De nouveau, des pensées sur sa fille, le vieux et le jeune comte, et la manière de jouer à la préférence se mêlèrent étrangement dans sa tête, lui brouillant l'esprit. Elle se revoyait valsant avec le vieux comte, elle revoyait ses épaules rondes et blanches, y sentait des baisers ; puis c'était sa fille à elle dans les bras du jeune comte. Oustuchka recommença à ronfler…

« Non, maintenant ce n'est plus la même chose, les hommes ne sont pas les mêmes. L'autre se serait jeté au feu pour moi. Et il y avait de quoi. Tandis que celui-ci dort comme un triple imbécile, content d'avoir gagné au jeu, et à cent lieues de faire la cour aux femmes. Il arrivait à l'autre de me dire, à genoux : "Que veux-tu que je fasse, que je me tue tout de suite ?", et il se serait tué si j'avais voulu. »

Tout à coup, un bruit de pieds nus retentit dans le couloir et Lisa, un simple châle jeté sur ses épaules, toute pâle et tremblante, accourut dans la chambre et s'écroula presque sur le lit de sa mère…

Après avoir souhaité le bonsoir à sa mère, Lisa s'était rendue dans la chambre de son oncle. Elle avait mis une camisole blanche, caché dans un fichu sa longue tresse, éteint sa chandelle et s'était assise sur la fenêtre, les jambes sur un tabouret, en fixant ses regards pensifs sur l'étang maintenant tout brillant d'une lumière argentée.

Et soudain, toutes ses occupations coutumières, tous ses intérêts lui apparurent sous un jour nouveau : sa vieille mère capricieuse, à qui par affection elle donnait une partie de son âme, l'oncle gâteux mais aimable, les domestiques, les paysans qui adoraient leur demoiselle, les vaches, les petits veaux, toute cette nature qui mourait et se renouvelait sans cesse, parmi laquelle, aimante et aimée, elle avait grandi, tout ce qui lui donnait une quiétude d'esprit si agréable, si douce, tout cela lui paraissait d'un coup n'être plus ce qu'il lui fallait, tout cela lui semblait *ennuyeux* et inutile. Quelqu'un lui soufflait à l'oreille : « Petite sotte, petite sotte ! Depuis vingt ans tu as la sottise de te dévouer à telle ou telle chose et tu ne sais toujours pas ce qu'est la vie et le bonheur ! » Voilà à quoi elle pensait plus fortement que jamais en sondant du regard la profondeur du jardin clair, immobile. D'où lui venaient ces idées ? Ce n'était pas du tout un amour spontané pour le comte, comme on pourrait le supposer ; au contraire, il lui déplaisait. Le cornette l'aurait plutôt intéressée mais il était laid, pâle, taciturne ; elle l'oubliait malgré elle et avec colère et dépit évoquait dans son imagination l'image du comte. « Non, pas celui-là », se disait-elle. Son idéal à elle était si charmant. C'était son idéal qui, dans cette nuit, parmi cette nature, sans en violer la beauté, aurait pu être aimé, l'idéal que n'avait jamais terni une seule fois la réalité grossière.

D'abord l'isolement, l'absence d'hommes pouvant attirer son attention faisaient que toute la force de l'amour mis par Dieu dans l'âme de chacun de nous en même proportion, était encore intacte et pure en son cœur ; mais à présent, elle vivait depuis trop longtemps le bonheur triste de sentir en soi la présence de ce quelque chose d'autre et, en ouvrant de temps en temps la source mystérieuse de son cœur, de se complaire à la contemplation de ces richesses, pour verser à quelqu'un, sans réfléchir, tout ce qui y était contenu. Dieu fasse qu'elle jouisse jusqu'au tombeau de ce bonheur avare…, qui sait s'il n'est pas le meilleur, le plus fort et s'il n'est pas le seul vrai et le seul possible ?

« Mon Dieu, Seigneur, pensait-elle, ai-je gaspillé en vain le bonheur et la jeunesse, et maintenant ne les retrouverai-je jamais ? Est-ce vrai ? » Et elle regardait fixement le ciel haut et clair autour de la lune et les nuages blancs, moutonnés, qui en masquant les étoiles, s'approchaient de l'astre de la nuit. « Si ce petit nuage blanc, le plus haut, atteint la lune, alors c'est vrai », pensa-t-elle. Les nuages transparents, brumeux, masquaient la moitié inférieure du disque clair et peu à peu la lumière commença à faiblir sur la terre, sur le sommet des tilleuls, sur l'étang : les ombres noires des arbres devinrent moins visibles. Comme pour accompagner l'ombre qui voilait la nature, un vent léger passa dans les feuilles et apporta jusqu'à la fenêtre l'odeur de la rosée des feuilles, de la terre humide, des lilas fleuris.

« Non, ce n'est pas vrai, dit-elle pour se consoler, et si le rossignol chante cette nuit, ce sera signe que tout ce que je pense est sottise et qu'il ne faut pas désespérer. » Longtemps encore elle resta assise en silence, dans la vague attente d'une visite, bien que de nouveau tout s'éclairât et s'animât, que de nouveau de petits nuages enveloppassent la lune et que tout redevînt sombre. Elle s'endormait déjà, assise près de la fenêtre, quand le rossignol la réveilla par ses trilles répétés, qui résonnaient en bas sur l'étang. La demoiselle de campagne ouvrit les yeux. Avec un nouveau plaisir son âme tout entière se revivifiait dans cette union mystérieuse avec la nature qui, si majestueuse et si calme, se déployait devant elle. Elle s'accouda, la tête entre les mains. Un sentiment de tristesse opprimait sa poitrine, des larmes d'un amour pur et vaste, de bonnes larmes consolantes emplissaient ses yeux. Elle posa les mains sur la fenêtre et appuya sa tête. Elle répéta en son cœur sa prière favorite, et elle s'endormit ainsi, les yeux humides de pleurs.

Le contact d'une main l'éveilla. Un attouchement léger, agréable. La main serra plus fortement la sienne. Tout d'un coup Lisa se rappela la réalité ; elle poussa un cri, bondit, et se persuadant qu'elle n'avait pas reconnu le comte qui était devant la fenêtre, tout baigné de la lumière de la lune, elle s'enfuit de la chambre…

XV

C'était, en effet, le comte. En entendant le cri de la jeune fille et le toussotement du gardien derrière l'enclos, qui y répondit, il s'enfuit en toute hâte, avec le sentiment d'un voleur attrapé, courant jusqu'au fond du jardin, sur l'herbe humide de rosée. « Ah ! imbécile, imbécile que je suis ! se répétait-il inconsciemment. Je l'ai effrayée, il fallait y aller plus doucement, lui parler pour la réveiller. Ah ! imbécile ! que je suis donc maladroit ! » Il s'arrêta et écouta. Par la petite porte, le gardien entrait dans le jardin, traînant un bâton sur l'allée sablée. Il fallait se cacher. Le jeune homme descendit vers l'étang. Des grenouilles, en jaillissant sous ses pieds pour s'élancer dans l'eau, le firent sursauter.

Malgré ses jambes trempées, il s'accroupit par terre et commença à se rappeler ce qu'il avait fait : comment il avait grimpé à travers l'enclos, cherché la fenêtre de Lisa et enfin aperçu l'ombre blanche ; comment, à plusieurs reprises, écoutant le moindre bruit, il s'était tour à tour approché, puis éloigné de la fenêtre, comment par instants il lui semblait indiscutable qu'elle l'attendait, dépitée de sa lenteur, comment à d'autres il lui semblait impossible qu'elle se fût décidée si facilement à ce rendez-vous, comment enfin, supposant qu'en provinciale gênée elle feignait seulement de dormir, il s'était approché résolument et l'avait approchée. Mais ici, tout à coup, il ne sait pourquoi, il avait fui en toute hâte puis, honteux de sa poltronnerie, s'était avancé de nouveau vers elle et lui avait touché la main.

Le gardien toussota encore, la porte cochère grinça et il sortit du jardin. La fenêtre de la chambre de la demoiselle claqua et l'auvent intérieur s'abaissa. Le comte en ressentit un grand dépit. Il aurait donné cher pour qu'il lui fût possible de tout recommencer : cette fois il n'agirait pas si sottement… « Ah ! quelle merveilleuse jeune fille, quelle fraîcheur ! C'est un vrai charme ! Et la laisser échapper ainsi ! Animal stupide que je suis ! » En outre, il n'avait plus envie de dormir : du pas décidé d'un homme très irrité, il marcha au hasard dans les allées de tilleuls.

Là, à lui aussi, cette nuit apporta les dons pacifiants d'une tristesse calme et du besoin d'amour. Le sentier de terre glaise parsemé, par-ci par-là, d'une petite herbe drue ou de branches sèches s'illuminait, à travers le feuillage épais des tilleuls, de cercles formés par les rayons pâles et droits de la lune. Une souche tordue, comme recouverte de mousse blanche, était éclairée de côté. Les feuilles argentées murmuraient de temps à autre. Dans la demeure les feux étaient éteints, tous les bruits s'étaient tus. Seul le rossignol semblait remplir l'espace immense, silencieux et clair. « Dieu ! Quelle nuit ! Quelle merveilleuse nuit ! » se disait le comte en respirant la fraîcheur parfumée du jardin. « On a regret de quelque chose, on se sent mécontent de soi et des autres, de toute sa vie. Et quelle charmante, quelle exquise petite fille… Peut-être est-elle vraiment fâchée… » Là ses rêves s'embrouillèrent, il se vit dans ce jardin en compagnie de la petite provinciale, dans les attitudes les plus étranges ; ensuite son aimable Mina vint prendre la place de la demoiselle. « Quel imbécile je suis ! Il fallait tout simplement la prendre par la taille et l'embrasser. » Et, sur ce regret, le comte regagna sa chambre.

Le cornette ne dormait pas encore.

Il se retourna aussitôt sur son lit, le visage vers Tourbine.

« Tu ne dors pas ? demanda celui-ci.

– Non.

– Veux-tu que je te raconte ce qui s'est passé ?

– Eh bien ?

– Non, il vaut mieux ne rien te dire… ou plutôt si, je vais tout te raconter. Pousse tes jambes. »

Et le comte, renonçant déjà à l'intrigue manquée, s'assit sur le lit de son camarade avec un sourire animé.

« Imagine-toi que cette demoiselle m'avait donné un rendez-vous !

– Que dis-tu ? s'écria Polozov, bondissant du lit.

– Voyons ! Écoute.

– Mais comment ? Quand donc ? Ce n'est pas possible.

– Eh bien, voici. Pendant que vous comptiez la préférence, elle m'a dit qu'elle serait assise la nuit près de la fenêtre, et qu'on pouvait entrer par la fenêtre. Voilà ce que c'est qu'être pratique ! Et donc, pendant que vous comptiez avec la vieille, j'ai arrangé cette affaire. Tu l'as bien entendu, elle a dit devant toi qu'elle serait assise près de la fenêtre pour contempler l'étang.

– Mais c'était dit comme ça…

– C'est justement la question… Je ne sais pas si elle a dit cela par hasard ou non. Peut-être, en effet, n'a-t-elle pas voulu s'avancer tout d'un coup, mais on aurait pu le croire, et il en est résulté une chose affreuse. J'ai agi comme un imbécile, ajouta-t-il en s'adressant à lui-même un sourire de mépris.

– Mais qu'as-tu fait ? Où étais-tu ? » Le comte, taisant ses multiples hésitations, raconta ce qui s'était passé.

« J'ai tout gâté : il fallait être plus hardi. Elle a crié, s'est enfuie de la fenêtre.

– Alors elle a crié et s'est enfuie, dit le cornette, répondant par un sourire gêné au sourire du comte qui avait sur lui, depuis si longtemps, un ascendant si fort.

– Oui. Eh bien ! Maintenant il est temps de dormir. »

Le cornette de nouveau tourna le dos à la porte et resta ainsi pendant dix minutes. Dieu sait ce qui se passa dans son âme ; quand il se retourna, son visage exprimait la souffrance et la résolution.

« Comte Tourbine ! fit-il d'une voix haletante.

– Quoi ? Tu rêves ? répondit tranquillement le comte. Eh bien, quoi, cornette Polozov ?

– Comte Tourbine, vous êtes un lâche ! » cria Polozov ; et d'un bond
il sortit du lit.